I0733351

Connors Herzenswunsch

FARRADAY COUNTRY ❧ BOOK THREE

CHRIS KENISTON

Indie House Publishing

DANKSAGUNG

Ich bin immer überwältigt, wenn ich ein Buch endlich fertigstelle. Bei manchen Büchern mehr als bei anderen. „Connor" war eins dieser herausfordernden Bücher.

Als ich klein war, hatte ich das Glück, Urlaub in der Dominikanischen Republik machen zu können, wo meine Cousinen, Cousins und ich Reiten lernten. Nicht in einer Reithalle, wo die Pferde im Kreis liefen, sondern frei auf Hügeln und über unberührtes Land und Bäche. Einmal habe ich sogar ein Rennen gewonnen. Dennoch muss ich zugeben, dass meine Erinnerungen begrenzt und wahrscheinlich nur so präzise sind wie die Wahrnehmung einer Neunjährigen. Am wichtigsten ist jedoch die Tatsache, dass sie nicht ausreichen, um ein Buch über einen Mann zu schreiben, der sich mit Pferden auskennt.

Damit mir dies gelingen konnte, brauchte ich Hilfe von Freundinnen und Freunden. Wieder einmal war die Autorin JM Madden meine Rettung. Ebenso wie ein paar meiner Fans, die mir dabei geholfen haben, den Pferden Namen zu geben – dabei hatten wir eine Menge Spaß auf Facebook. Vielen Dank, meine Damen! Besonders eine Leserin, die selbst einen Stall führt, hat mir geholfen und dafür gesorgt, dass ich die Geschichte nicht allzu sehr vermassele. Ich habe nicht nur Kathy Brodies fantastische Ratschläge erhalten, sondern sie hat auch den Tierarzt als Idee eingebracht. Vielen Dank!

Ich hoffe, dass Ihnen die Geschichte über die Farraday-Brüder gefällt. Danke, dass Sie sich die Zeit nehmen, meine Bücher zu lesen.

Viel Vergnügen!

KAPITEL EINS

„**D**u meine Güte, Ralph!" Eileen Callahan machte einen Schritt zurück, während sie sich noch am Türgriff des oberen Schlafzimmers festhielt. „Wann warst du in diesem Zimmer?"

Ralph Brennan, der Nachbar der Farrady-Ranch, der schon hier lebte, bevor Eileen zur Familie ihrer verstorbenen Schwester gezogen war, stellte sich neben sie. „Eine Weile, schätze ich."

„Eine Weile?" Sie blickte ihn an. Seit Marjorie Brennen vor einigen Jahren verstorben war, war sie nicht mehr im Obergeschoss des gepflegten Hauses gewesen. Alles sah genauso aus wie früher, selbst Marjories Nähzimmer inklusive des Stapels rosafarbenen Stoffs, aus dem sie Grace' Geburtstagskleid für ihren dritten Geburtstag genäht hatte. Eileen atmete tief durch und begutachtete die weiteren Räume im Obergeschoss. Es war sauber und aufgeräumt, Marjorie wäre stolz auf ihren Mann gewesen. Die Zeit schien im Haus der Brennans still gestanden zu sein.

„Ich denke, es ist an der Zeit."

Eileen zog die Augenbrauen hoch, doch aus Respekt gegenüber dem beinahe neunzigjährigen Mann unterdrückte sie das *du denkst?*, das ihr auf der Zunge lag.

„Ich sagte Catherine, dass ich bald bei ihr bin. Aber zuerst muss ich dieses alte Haus auf Vordermann bringen. Ich möchte nicht, dass Fremde Marjories Sachen durchwühlen.

Eileen musste kurz überlegen, wer Catherine war – seine Enkeltochter. Eileen hatte sie nie getroffen, doch als Ralphs Frau nach einem langen Kampf gegen den Krebs verstarb, war das Mädchen oft Gesprächsthema am Esstisch der Farraday-Ranch. „Du wirst deine Enkelin besuchen?"

Der alte Mann lächelte. „Ja. Sie ist eine erfolgreiche Anwältin oben in Chicago. Schwer, sie nach Tuckers Bluff zu bekommen, aber ich habe ihr gesagt, ich komme sie besuchen, sobald ich die Dinge hier geregelt habe."

Eileen blickte den Flur entlang. Wenn er seine Enkelin noch in diesem Jahrtausend besuchen wollte, musste Eileen etwas Unterstützung zusammentrommeln. „Ich werde Hilfe brauchen."

Ralph Brennan blinzelte. „Welche Art Hilfe?"

„Mehr Hände. Oder du wirst Catherine noch ziemlich lange nicht zu Gesicht bekommen."

„Hab' sie schon getroffen." Der alte Mann grinste sie an.

„Wann hast du die Stadt verlassen?" Vielleicht war die alte Ziege nicht so blitzgescheit wie alle dachten.

„Ich habe die Ranch nicht verlassen. Ich habe sie auf dem neumodischen Apparat gesehen, den sie mir geschickt hat."

Neumodischer Apparat?

Ralph ging die Treppe hinunter. Eileen fand, sie hatte hier oben genug gesehen und folgte ihm. Unten angekommen ging er nach rechts in sein Büro. Dort befanden sich wahrscheinlich Aufzeichnungen der letzten fünfzig Jahre über das Geschäft der Brennans – handschriftlich verfasst. „Dieses Ding hier."

Eileen schmunzelte, froh darüber, dass der alte Mann nicht den Verstand verlor. „Ein Tablet."

Ralph zuckte die Achseln und schenkte ihr ein zahnloses Lächeln. „Sie ist bildhübsch. Sieht genauso aus wie ihre Mama, wenn sie lächelt." Er wischte über den Bildschirm und ein Foto seiner nun erwachsenen Enkelin erschien.

„Sie ist wunderschön. Ich hoffe, sie kommt irgendwann hierher."

„Ich weiß nicht. Darauf habe ich fast ein Jahr lang gewartet und schließlich aufgegeben. Danach haben wir vereinbart, dass meine alten Knochen in den Norden aufbrechen werden. So ist es für Stacey besser."

„Das kleine Mädchen?"

„Ihr kleines Mädchen. Zuckersüß." Kurz legte sich seine Stirn in Falten.

„Stimmt etwas nicht?", fragte Eileen vorsichtig. Ralph war kein Mann vieler Worte, daher wusste sie, ihre einzige Chance herauszufinden, was seine Laune trübte, war zu hoffen, dass sie ihm mit der Frage nicht auf die Füße trat.

„Ich weiß nicht. Die Kleine lächelt nie und spricht nicht. Catherine sagt, sie ist Fremden gegenüber nur schüchtern."

„Viele Kinder sind so."

„Vielleicht." Er schnaubte und rieb die Hände aneinander. „Ich war nicht besonders begeistert darüber, hier wegzugehen. Doch jetzt, wo es entschieden ist, freue ich mich darauf. Wann können wir loslegen?"

„Ich denke, als erstes sollten wir mit Marjories Nähzimmer beginnen. Für das ganze Material gibt es sicher viele Interessenten in der Stadt. Vielleicht fangen wir wieder mit dem Quilt-Nähen an."

„Marjorie liebte es, diese Babydecken zu nähen. Nichts machte sie glücklicher, als unter Kindern zu sein. Ich habe immer gesagt, es war schade, dass sie nicht mehr Kinder bekommen hatte. Doch vermutlich war Gott der Meinung, eines wäre genug."

Eileen lächelte ihn an. „Glaub mir, es gab Zeiten, da wären wir froh gewesen, wenn ihr euch einen unserer Jungs ausgeliehen hättet. Oder zwei."

„Du hast die Jungs gut erzogen. Es freut mich zu wissen, dass hier eines Tages wieder Farraday-Kinder aufwachsen."

„Wieder?"

„Mein Urgroßvater hatte dieses Stück Land vom ersten Farraday gekauft. Seine Frau wollte nicht so weit draußen wohnen. Sie kam aus dem Norden, der Gegend um Bosten. Wie auch immer. Es war schwer für sie, sich ans Leben auf einer Ranch zu gewöhnen. Die Einsamkeit war das Schlimmste für sie. Der alte Farraday hatte Angst, dass sie den Verstand verlieren könnte und verkaufte das Land an meine Vorfahren, mit der Bedingung, dass das Haus nahe der Grundstücksgrenze erbaut werden musste. So konnten sich die Frauen gegenseitig besuchen. Das klappte gut, da beide Frauen aus der Stadt kamen."

„Diese Geschichte kannte ich gar nicht." Eileen fragte sich, was der alte Kautz noch so wusste und für sich behielt. „Mehr gibt es darüber nicht zu erzählen. Seither waren die Farradays und die Brennans Nachbarn."

„Keine geheimen Fehden?", neckte Eileen.

„Ne." Ralph verlagerte sein Gewicht. „Nicht einmal Gezanke. Aber meine Schwester Edna wäre beinahe mit Seans Onkel George durchgebrannt. Das war jahrelang das Gesprächsthema der Klatschweiber der Stadt. Edna war erst vierzehn und sie und George waren bis nach Butler Springs gekommen."

„Wirklich?" Eileen musste Sean fragen, ob er die Geschichte kannte. Ansonsten wusste sie, was das Gesprächsthema der nächsten Farraday-Familienfeier sein würde.

„Törichte Kinder. Zwei Jahre später heiratete Edna einen der Turner Jungs und zog nach Butler Springs. Und dein Onkel George lernte seine Martha kennen und zog zu ihr an den Waldrand. Und dafür die ganze Aufregung damals."

„Nun, klingt jedenfalls aufregend. Also," Eileen klatschte in die Hände, „warum suchst du dir nicht eine Beschäftigung und ich fange oben an."

„Wenn es dich nicht stört, es ist Zeit für mein Mittagsschläfchen. Ich werde mich etwas hinsetzten und fernsehen. Maria hat einen Krug Limonade in den Kühlschrank gestellt."

„Setz dich und ich hole uns zwei Gläser."

Ralph lächelte. „Du bist eine gute Seele, Eileen. Du hast dich deiner Schwester gegenüber anständig verhalten. Und jetzt verhältst du dich meiner Marjorie gegenüber anständig.

„Dafür sind Nachbarn doch da, Ralph." Es kam nicht oft vor, dass der frühe Tod ihrer Schwester sie noch so traf. In diesem Haus, wo die Zeit scheinbar stehengeblieben war, schien der Verlust jedoch frischer als eh und je. Eileen ging in die veraltete Küche. Während die Küche der Farradays kurz nach ihrer renoviert worden war, sah die Küche der Brennans aus, als wäre sie aus einer Siebziger Jahre Sitcom. Herbstgold war die dominierende Farbe. Das einzige moderne war die Mikrowelle aus Edelstahl, die in der Ecke stand. Selbst der Kühlschrank war noch das Modell von einst. Eileen konnte nicht glauben, dass das Teil noch funktionierte. Andererseits sollte es sie nicht überraschen. Der Kühlschrank stammte aus einer Zeit, in der Geräte noch gebaut wurden, um ein Leben lang zu halten. Oder in diesem speziellen Fall – mehrere Leben lang. Mit zwei kühlen Getränken in den Händen kehrte Eileen in das große Wohnzimmer zurück. „Bitte sehr, Ralph."

Seine Augen waren geschlossen und auf seinen Lippen lag einem Lächeln und sie sah keinen Grund, seinen friedlichen Schlaf zu stören. Sie stellte das Glas auf den Tisch neben ihm und ein seltsames Gefühl kroch ihr den Rücken hinauf. Ihr Herz pochte und sie betrachtete sein friedliches Lächeln genauer. „Ralph", flüsterte sie, während sie langsam nach seinem Arm griff. Eileen drückte zwei Finger auf die Innenseite seines Handgelenks.

Sie schloss die Augen und legte dieselben Finger an seinen Hals. „Oh, Ralph."

KAPITEL ZWEI

Das Wissen, dass das Brennan-Anwesen bald ihm gehören würde, war das Einzige, was Connor Farraday davon abhielt, diesen neuen Deckhelfer über Bord zu werfen. Hand aufs Herz, dieser Mann schaffte es nicht, ihm aus dem Weg zu gehen. Es war harte Arbeit, ein Rohr auf einer Bohrinsel zu transportieren. An einem windigen Tag war es die Hölle und dieser Junge kapierte das nicht. Er müsste eine paar Tage in einem Bohr Camp auf dem Festland verbringen, wo er Gräben ausheben musste, bis er lernte, das zu tun, was man ihm sagte, wenn man es ihm sagte.

Unter diesen Bedingungen würde Connor es keinen weiteren Tag länger durchstehen, geschweige denn, die ganze kommende Woche bis zum Ende seines Turnus. Fünfzehn Tage Arbeit, sieben Tage frei. Er ging schon einige Zeit lang an sein Limit und nahm nicht die empfohlenen zwei Wochen frei, um sich zusätzliches Geld anzusparen. Er hatte langsam genug von diesem Kindergarten. Während seines Militärdienstes für Uncle Sam war ihm ziemlich schnell klar geworden, dass er nicht sein Leben lang Befehle ausführen wollte. Nicht für das Geld, das er beim Marine Corps verdiente. Auf einer Ölplattform zu arbeiten, egal ob an Land oder auf See, war Schwerstarbeit, bei der man verdammt gut verdiente. Er mochte die Aufregung, das rege Treiben, die ständigen Herausforderungen. Viele

Männer machten diese Arbeit nur ein oder zwei Jahre, steckten das Geld ein und gingen wieder. Er aber hatte größere Pläne und nun war es an der Zeit, dass die harte Arbeit sich auszahlte.

„Leg dich richtig rein", rief einer der Arbeiter dem Jungen zu.

Als er ihm ins Gesicht blickte, sah Connor die Sonnenbrille. „Wo zur Hölle ist deine Schutzbrille?"

„In meinem Zimmer."

Ein super Ort, um Schutzausrüstung aufzubewahren. Einen kurzen Augenblick lang dachte Connor darüber nach, ihn zu fragen, ob er seine Kondome auch die ganze Nacht über in der Verpackung aufbewahrte. Nichts von beidem würde ihm etwas nützen. „Wofür brauchst du mitten in der Nacht eine Sonnenbrille?"

„Die ist von Versace."

Wie konnte einer wie er nur an den Schlipsträgern vorbeikommen und unter Connors Zuständigkeit fallen? Der Junge würde sich vermutlich noch selbst umbringen, falls er zuvor nicht weinend nach Hause zu Mama lief, weil ihm ein Schraubenzieher auf den Fuß gefallen war. Oder noch schlimmer, jemand anderen umbringen, falls er nicht endlich anfing, einfach das zu tun, was man ihm sagte. „Hol deine verdammte Schutzbrille. Und wenn ich dich nochmal mit dieser Sonnenbrille hier sehe, wird es das letzte Mal gewesen sein, dass *du* sie gesehen hast. Verstanden?"

Der Junge hätte einfach nicken können, doch sein Blick sagte Connor klar und deutlich, dass er nicht kapierte. Wenn für ihn nicht bereits Licht am Ende des Tunnels zu sehen wäre, würde diese Schicht Connor vermutlich dazu bringen, wieder für Uncle Sam zu arbeiten. Idioten wie dieser Neuling waren das extra Geld nicht wert.

Nach der Hälfte seiner Zwölf-Stunden-Schicht war der Sonnenaufgang an diesem speziellen Morgen besonders schön. Fast wie eine Entschuldigung Gottes dafür, dass Connor sich mit diesem dummen Jungen herumschlagen musste. Die ruhige Kulisse für einen der gefährlichsten Jobs auf diesem Planeten.

Unter Deck in der Küche kippte Connor einen weiteren Energydrink hinunter, stellte sich in der Schlange an und belud seinen Teller. Sie hatten bei ihrer Arbeit eine Menge Kalorien verbraucht und es war an der Zeit, die Reserven aufzufüllen.

Als er zur selben Zeit Steak und Kartoffeln verputzte, wie seine Familie zu Hause Eier mit Speck zum Frühstück servierte, war es nicht verwunderlich, dass auf seinem Telefon ein Anruf seines Vaters einging. „Hey, Dad. Was bringt dich dazu, so früh am Tag anzurufen?"

„Ich dachte, es interessiert dich, dass Ralph Brennan gestern gestorben ist."

Connors Gabel machte mitten auf dem Weg zu seinem Mund halt. „Was ist passiert?"

„Altersschwäche. Er setzte sich, schloss die Augen und schlief ein. Deine Tante Eileen war bei ihm."

„Geht es ihr gut?"

„Ja, er ging ganz friedlich. Sie hätte nichts für ihn tun können."

„Wow. Ich weiß ja, dass er alt war, aber das habe ich nicht kommen sehen."

„Noch etwas, das du wissen solltest."

Wenn die Stimme seines Vaters tiefer wurde, bedeutete das selten gute Neuigkeiten. „Was?"

„Seine Enkelin kommt hierher."

„Enkelin? Dieses Gör?"

„Das kann ich nicht beurteilen. Jedenfalls hat sie am Telefon mit Andy einiges arrangiert. Sie braucht noch etwas Zeit. Die Beerdigung wird also erst stattfinden, wenn sie da ist. In einer Woche etwa."

„Ein langer Weg, um sich von jemanden zu

verabschieden, für den man wie lange keine Zeit gehabt hat. Zwanzig, fünfundzwanzig Jahre?"

„Das ist die eine Sache. Sie kommt auch her, um zu entscheiden, was mit der Ranch passieren soll."

Was noch auf seinem Teller lag, sah nicht mehr besonders appetitlich aus. „Was gibt es da zu entscheiden? Ich werde sie kaufen."

„Nun ja." Sein Vater zögerte länger, als Connor lieb war. „Ich weiß das und du weißt das. Und vermutlich wusste das auch Ralph. Aber wie es scheint, weiß seine Enkeltochter das nicht."

Connor schob seinen halb leer gegessenen Teller weg. „Nun, das werden wir noch sehen."

„Warum warten die Leute immer, bis es zu spät ist?", murmelte Catherine Hammond an ihre Assistentin Susan gerichtet.

„Soll ich darauf antworten?" Susan sah sie mit hochgezogenen Augenbrauen an.

Sie richtete ihren Blick wieder auf das Foto ihres Großvaters und schüttelte den Kopf „Ich hätte fahren sollen, als er das erste Mal gefragt hat."

„Du warst mitten im Buchanan Prozess. Du hättest nicht fahren können, ohne deinen Vater zu verärgern. Und offen gestanden, Connie hätte den Vorsitz nicht gepackt. Sie war nicht bereit."

Das waren die Gründe, die auch Catherine sich einredete. Es wäre Connie, der Firma und ihrem Vater gegenüber nicht fair gewesen. Er hatte die letzten Jahre viel riskiert, ihr die wichtigen Fälle zu übergeben. „Trotzdem ..."

„Du hättest nichts tun können." Susan stellte einen Stapel Unterlagen auf dem Schreibtisch ab und nahm einen anderen, der archiviert werden sollte.

„Ich hätte danach gehen können. Ich hätte Medcalfs Berufung ablehnen können."

„Nicht, wenn du Partner werden willst. Du weißt genauso gut wie ich, die Familienkarte auszuspielen geht nicht, wenn man bei den großen Jungs mitspielen möchte."

Wenn irgendjemand das wusste, dann Catherine. Sie hatte ihr Leben lang den Erwartungen ihres Vaters gerecht werden müssen. Hart arbeiten. Ihren Lohn ernten. Da blieb keine Zeit für Familie und Freunde. Und sie hatte sehr hart gearbeitet, Tag und Nacht. Sie hatte die High School als Jahrgangsbeste abgeschlossen, das College mit summa cum laude, war für ihr Jurastudium an die University of Chicago gegangen und hatte schließlich den Sohn des Geschäftspartners ihres Vaters geheiratet – alles, was von ihr erwartet worden war.

Nicht, dass sie für die Hochzeit mit David so viel hatte tun müssen, wie für den Rest ihrer Leistungen. Von ihr war erwartet worden, dass sie aufs College gehen und danach Jura studieren würde, um dann in Daddys Firma einzusteigen. David und sie waren in dem Wissen aufgewachsen, dass sie eines Tages heiraten und eine Familie gründen würden. Sie waren ein Team gewesen, solange sie zurückdenken konnte. Ein gutes Team. Natürlich äußerte sich ihr Vater nie darüber, wie sie beides meistern sollte, Partnerin in der Firma und Mutter zu sein.

„Du weißt, dass du alles erledigen kannst, ohne nach Texas zu fahren?"

Susan hielt Catherine Tag und Nacht den Rücken frei. Natürlich schob Catherine es auf die Tatsache, dass sie vermutlich ihre erste Vorgesetzte war, der Susans Sanduhrfigur egal war. Susan war mit Sicherheit wegen ihres Aussehens eingestellt worden.

Mit über vierzig war sie noch immer eine Wucht. Doch Catherine schätzte vor allem ihren scharfen Verstand. Jede Minute, jeden Tag. „Ich muss. Das schulde ich ihm."

„Wenigstens kann Richter Albanese dich gut leiden. Es wird bestimmt nicht schwierig sein, einen Aufschub zu bekommen."

„Kein Aufschub." Catherine schüttelte den Kopf und blickte auf ihren Bildschirm. Das Lächeln ihres Großvaters verfolgte sie.

„Oh, sehr gut. Du bist wieder zur Vernunft gekommen."

Die Erleichterung in Susans Lächeln machte es für Catherine nicht leichter, ihren Satz zu beenden. Sie wollte ihre Assistentin genauso wenig enttäuschen, wie ihren Vater. „Wir werden den Fall neu bewerten. Es wird den Rest der Woche dauern …" Sie blickte einen Moment lang aus dem Fenster und ließ sich die Namen der Juniorpartner durch den Kopf gehen. Dann grinste sie. „… Connie auf den neuesten Stand der Dinge zu bringen. Wenn sie so gut ist, wie ich denke, ist sie bereit für ihren ersten Vorsitz. Dieser Fall wird ihre Karriere voranbringen."

„Und deine beenden." Susan klammerte sich an einer Aktenmappe fest. „Hast du den Verstand verloren?"

„Nein." Catherine schob ihren Stuhl vom Schreibtisch weg. „Vielleicht habe ich ihn soeben gefunden."

KAPITEL DREI

Eingerahmt von seinen letzten Schichten, hatte Connor es zum ersten Mal seit einer Ewigkeit geschafft, in einem Monat zweimal am Sonntagsessen mit der Familie teilzunehmen.

„Reich mir bitte den Kartoffelbrei." Meg Farraday, Conners Schwägerin dank seines Bruders Adam streckte beide Arme in Richtung seiner Tante Eileen, die neben ihr saß.

Connor war vor fünf Tagen von der Bohrinsel zurückgekommen und immer noch wusste niemand etwas Neues über das Schicksal der Brennan-Ranch.

„Das war es jetzt?" Meg schaufelte einen Klecks Kartoffelbrei auf ihren Teller und fragte Connor: „Du bist endgültig nach Hause gekommen?"

„Wurde auch Zeit", sagte Sean Farraday, ohne seinen Sohn nicht zu Wort kommen zu lassen. „D.J. reich mir bitte etwas Brot."

D.J. war zwei Jahre jünger als Connor und ebenfalls nach der Schule zu den Marines gegangen. Danach hatte er einen Zwischenstopp in Dallas gemacht, bevor er Polizeichef von Tuckers Bluff wurde. „Hier, bitte."

„Was hat die Bank gesagt?" Finn, der jüngste Sohn der Familie schob sich eine Gabel grüne Bohnen direkt vom Topf in den Mund.

„Alles in Ordnung. Aber um einen Kredit zu bekommen, braucht es noch etwas Papierkram. Laut einem Freund unterschreiben die Verantwortlichen umso schneller, je dicker die Aktenmappe ist. Ich denke, ich gebe ihnen alle Unterlagen, wenn mir das hilft, den Grundstein für die Capaill Stables legen zu können"

„Du bleibst also auch, wenn das Gör dir die Brennan-Ranch nicht verkauft?", fragte Finn mit vollem Mund.

Und war das nicht die entscheidende Frage. Was zur Hölle sollte Connor tun, wenn Ralphs Enkelin die Abmachung, die er mit dem alten Brennan getroffen hatte, nicht einhalten würde?

Meg tupfte sich den Mund ab und legte ihre Serviette wieder auf ihren Schoß. „Ich wüsste keinen Grund, warum sie nicht verkaufen sollte."

„Da ist was dran", Brooks, der Arzt in der Familie zeigte auf Adams Frau. „Wir wissen, dass die Enkelin Anwältin in einer von Chicagos angesehensten Kanzleien ist. Und sie war seit über zwanzig Jahren nicht hier, um ihren Großvater zu besuchen."

„Fünfundzwanzig.", warf Connor ein.

„Über fünfundzwanzig Jahre", wiederholte Brooks. „Ich sehe keinen Grund, warum sie dem Verkauf nicht zustimmen sollte."

Wie er es sah, gab es zwei Probleme. Erstens, vielleicht hatte sie kein Interesse daran, die Schuldverschreibungen vom Verkaufspreis abzuziehen, so wie er es mit dem alten Brennan abgemacht hatte. Und zweitens, vielleicht ging es ihr einfach um … „Mehr Geld", murmelte Connor und versuchte sein eben verspeistes Mahl nicht wieder hochzuwürgen. „Menschen wie ihr geht es immer ums Geld."

„Wer im Glashaus sitzt, sollte nicht mit Steinen werfen", grummelte Finn am anderen Ende des Tisches.

„Das ist etwas ganz anderes und das weißt du. Ein

Gestüt aufzubauen ist nicht billig. Ich habe für eine Anzahlung geschuftet, nicht weil ich gierig bin."

„Und wer sagt, dass sie gierig ist?", warf Tante Eileen ein.

Alle Augen drehten sich zur Matriarchin der Familie.

„Es gibt Gründe", antwortete Connor, „warum Anwälte als blutsaugende Parasiten bezeichnet werden."

„Also", Tante Eileen verschränkte die Arme vor der Brust. „Du sagst also, deine kleine Schwester ist ein geldgieriger Blutsauger?"

Natürlich musste sie damit anfangen, dass das jüngste der Farraday-Kinder und einziges Mädchen, kurz davor war, ihr Jurastudium an einer der besten Universitäten des Landes abzuschließen. „Ausnahmen bestätigen die Regel."

„Vielleicht", führte Eileen mit noch immer verschränkten Armen fort, „ist Ralphs Enkeltochter ebenfalls eine Ausnahme."

„Hmm", war das einzige Geräusch, das aus Connors Kehle kam. Es machte keinen Sinn, zu diskutieren. Seine Tante hatte Recht. Keiner von ihnen hatte eine Ahnung, was diese Frau aus der Großstadt vorhatte. Doch in einem Punkt war er sich sicher – er war nach Hause gekommen, um hier zu bleiben. Er musste nur herausfinden, wo zur Hölle dieses Zuhause sein würde.

Was hatte Catherine glauben lassen, dass mit dem Auto durch das karge West-Texas zu fahren, ein lustiger Road Trip sein würde? Je näher sie Tuckers Bluff kam, umso mehr Erinnerungen an die Ranch kamen ihr in den Sinn. Bis sie die Stadt erreichte, hatte sie ein klares Bild vor Augen. Und jetzt, wo sie unter dem schmiedeeisernen B hindurch fuhr, erwartete sie beinahe, ihre Großmutter beim Bohnenputzen auf der Veranda vorzufinden. „Ich frage mich, ob Großvater den Garten weiter bewirtschaftet hat?"

In ihren Kindersitz geschnallt, starrte Stacey angespannt aus dem Fenster und klammerte sich mit beiden Händen an ihren Stoffhund.

„Wir sind fast da, Liebling."

Stacey antwortete nicht.

Nicht, dass Catherine das erwartet hätte. Ihre Mundwinkel hoben sich zu einem Lächeln, als sie die einsame Eiche im Vorgarten erblickte. Die Reifenschaukel hing noch immer daran. Nach all den Jahren war das Ding noch da. „Als ich ein kleines Mädchen war, habe ich stundenlang dort drüben geschaukelt."

Cathrin dachte, im Rückspiegel einen Funken Interesse im Blick ihrer Tochter gesehen zu haben. War die Lösung ihres Problems eine einfache Reifenschaukel im Nirgendwo? Doch genauso schnell, wie die Kinderaugen aufleuchteten, verblassten sie auch wieder zu dem leeren Blick, den Catherine schon so gut kannte.

Sie parkte den Wagen vor dem weiß vertäfelten Haus. Catherine hatte sich keine Hoffnungen gemacht, Bekanntes vorzufinden, und doch wirkte alles so vertraut. Ihr Großvater hatte sich wirklich gut um das Haus gekümmert. Ein Blick über die Schulter und sie sah, dass ihre kleine Tochter alles interessiert begutachtete. Vielleicht bedeutete das etwas. „Wir gehen besser hinein. Bereit?"

Stacey blinzelte, aber zumindest wandte sie ihre Aufmerksamkeit wieder dem Gesicht ihrer Mutter zu. Wieder ein kleiner Schritt. Ein Vorteil, ein Kind zu haben, das sich nicht für die Welt um sich herum interessierte, war es, dass es nicht beim Entladen des Fahrzeugs störte. Keine nicht endenden Fragen. Kein Kind, das an ihrem Rockzipfel hing und spielen und die Umgebung erkunden wollte. Keine Eile, ihr Zimmer zu finden und nach einem Spielkameraden Ausschau zu halten. Catherine schloss die Augen und drückte die Tränen beiseite. Was würde sie geben, für ein Wort von Stacey?

Drinnen roch es nach Rosen und Zimt. Sie atmete den Geruch ein und eine Welle von alten Erinnerungen kam in ihr hoch. Während ihren kurzen Besuchen mit ihrer Mutter war das Haus immer von einem Duft aus frisch gebackenem Kuchen, selbst gekochter Marmelade und selbstgebackenem Brot erfüllt. Und an den Tagen, an denen ihre Omi nicht backte, roch das Haus nach Zimt. „Komm schon, Stacey."

Die Küche war einer der Räume, von denen Catherine erwartet hätte, dass er renoviert worden wäre. Doch scheinbar hatte sich hier seit dem Einzug ihrer Großeltern nichts verändert. „Setz dich und iss eine Kleinigkeit, während ich das Auto ausräume."

Stacey kletterte auf den Holzstuhl am Ende des abgenutzten Eichentisches und umklammerte noch immer ihren geliebten Stoffhund.

Es dauerte nur einen Moment, Teller und Servietten zu finden. Sie waren noch immer an derselben Stelle wie damals, als Catherine mit ihrer Mutter hier gewesen war. Wahrscheinlich im selben Alter wie Stacey. Sie öffnete den Reißverschluss der kleinen Kühltasche und holte einen Beutel mit Apfelspalten und eine Packung Butterkeksen heraus. „Bitte sehr. Ich bin in ein paar Minuten wieder da und dann…" Dann was? Überwältigt von Erinnerungen, hatte Catherine nicht die geringste Ahnung, was sie tun sollte, nachdem sie Gepäck und Vorräte hereingebracht hatte. Doch anstatt darüber nachzudenken, beugte sie sich vor und küsste ihre Kleine auf ihren blond gelockten Kopf. Wenigstens zuckte Stacey nicht mehr bei der kleinsten Berührung zusammen.

Da sie nur das Nötigste im Laden in der Stadt gekauft hatte, dauerte es nicht lange bis alles in der Küche verstaut war. Sie war überrascht, den Kühlschrank mit fast all den Dingen bestückt vorzufinden, die sie auch besorgt hatte. Zusätzlich befanden sich sorgfältig eingepackte Gerichte mit Aufwärmanweisungen. So etwas hätte sie sicher nicht vorgefunden, hätte ihr Großvater in Chicago gewohnt. Überbleibsel vom Leichenschmaus, vielleicht. Aber bestimmt keinen frisch befüllten Kühlschrank? Unwahrscheinlich.

„Jetzt die Taschen."

Stacey knabberte an einem Keks, während sie aus dem Fenster blickte.

„Ich bin gleich wieder da. Ich bringe unsere Koffer nach oben. Okay?"

Sie wusste nicht, warum sie überhaupt fragte. Stacey sprach kein Wort mehr. Ein gelegentliches Nicken ließ Catherines Herz vor Hoffnung Sprünge machen, dass dies endlich der Durchbruch war, nur um dann doch enttäuscht zu werden. Sie seufzte und schüttelte den Kopf. „Zu leise hier", murmelte sie ins Nichts. Das Beste, was sie tun konnte war, sich von ihrem Großvater zu verabschieden, jemanden anzuheuern, die Habseligkeiten zu entsorgen und wieder nach Chicago zurückzukehren, wo sie sich in die Arbeit stürzen und vergessen konnte, woran sie sich ohnehin nicht erinnern wollte. Ein weiterer Blick in die Vergangenheit, die sich hier auftat, und sie fragte sich, ob Susan doch Recht gehabt hatte. Vielleicht hatte sie nach allem, was sie durchgemacht hatte, einfach den Verstand verloren.

Das Schöne an den länger werdenden Tagen, die den Sommer einläuteten, war es, nach dem Essen bei einem Ausritt die laue Abendluft genießen zu können. Connors Kopf war kurz davor, wegen dem ganzen Grübeln über was-wäre-wenn am Esstisch, zu explodieren. Er konnte sich noch an die Worte seiner Mutter erinnern. „Wenn meine Mutter Reifen hätte, wäre sie ein Auto." Da gab es nichts zu diskutieren. Doch er brauchte lange Zeit, um das zu verstehen.

Pharaoh schnaubte und blieb stehen, die Ohren wachsam gespitzt. Connors Blick wanderte sofort den Horizont entlang und suchte, was seine Aufmerksamkeit erregt hatte. „Was zum …"

Auf der anderen Seite des alten Zauns zum Grundstück der Brennans huschte etwas übers Feld. Es war nichts Außergewöhnliches, hier auf dem Land einen Kojoten oder einen Wolf zu entdecken. Doch ein bunt gekleideter Blondschopf, der dem Vierbeiner hinterherwuselte, war kein alltäglicher Anblick auf Farraday-Land.

Er drückte seine Fersen sanft in Pharaohs Seite und schoss los. Die Angst, der hungrige Wolf könnte das kleine Geschöpf zerfleischen, ließ ihn so schnell auf seinem Pferd galoppieren, wie er nur konnte. Er donnerte über die Weide und versuchte sein Telefon aus seiner Tasche zu ziehen. Jedes Gebet, das er je gelernt hatte, kam ihm über die Lippen, während er den kleinen blonden Fleck dem langsamer werdenden Tier immer näherkommen sah. *Verdammt.*

Nah genug um sicher zu sein, dass er nicht den Verstand verloren hatte, bestätigte sich sein Verdacht. Der blonde Fleck war in der Tat ein Kind. In sicherer Entfernung zu dem kleinen Mädchen wurde Connor langsamer und rutschte von seinem Pferd, während Pharaoh langsam stehen blieb. Jetzt musste er sich nur noch klar werden, wie er sie in Sicherheit bringen konnte. Sich vorsichtig nähernd, um das Kind und den, wie er jetzt erkennen konnte, knurrenden Hund nicht zu erschrecken, sagte Connor mit leiser Stimme: „Hallo, Kleine. Ich wette du bist weit weg von zu Hause."

Das kleine Mädchen schien durch ihn hindurch zu blicken, bevor es einen weiteren Schritt auf den Hund zumachte, der sich jetzt gesetzt hatte. Das Tier fletschte noch immer die Zähne, was Connor nicht gerade beruhigte, obwohl es nicht mehr in Angriffshaltung war. Doch der Hund schien sich mehr auf ihn zu konzentrieren als auf das kleine Mädchen. *Mehr zu knabbern,* „Guter Junge", redete er dem Hund zu und bewegte sich langsam und vorsichtig auf das Kind zu. "Schätzchen, warum kommst du nicht zu mir und ich bringe dich nach Hause."

Das kleine Mädchen legte ihren Kopf zur Seite, so als würde sie die Vor- und Nachteile abwägen, seinen Anweisungen zu folgen. Dann richtete sie sich auf. Ihre Augen leuchteten auf, als sie auf den Hund zulief. *Oh Gott.* Connor hechtete nach vorne. Bei jedem Schritt dachte er daran, welchen Schaden diese scharfen weißen Fangzähne anrichten könnten, bis er das Mädchen erreichen würde.

Erst als die Arme des Kindes sich eng um den Hals des Hundes schlangen wurde Connor klar, dass die gefletschten Zähne ihm galten und nicht dem kleinen Mädchen.

Bis ihm seine Geschwindigkeit erlaubte, seinen Schritt zu verlangsamen und stehenzubleiben, war der Hund bereits auf allen Vieren. Er hatte den Kopf gesenkt, das Fell gesträubt und knurrte ihn böse an. Jetzt war das gereizte Tier definitiv in Angriffshaltung.

Connor tippte auf sein Handy und wählte die

Nummer vom Haus.

„Hallo?"

„Ich bin auf der nördlichen Weide auf der Brennan-Seite des Zauns und ich bin in einer Pattsituation mit einem knurrenden Köter und einem kleinen Mädchen."

„Einem kleinen was?", fragte Finn Faraday ins Telefon.

„Du hast mich richtig verstanden. Schnapp dir ein Gewehr und beweg deinen Arsch hierher. Sofort. Und erschreck ihn nicht." Ohne auf eine Antwort zu warten, schob Connor das Telefon wieder in seine Tasche und kam noch einen Schritt näher, was das tiefe Knurren des Hundes nur noch bösartiger werden ließ. „Schon gut, mein Junge."

Mit gesenkten Händen ging Connor einen Schritt zurück. Solange der Hund auf ihn konzentriert war, musste er sich keine Sorgen um das Mädchen machen, dessen Gesicht in das schmutzigen Fell des Tieres vergraben war.

„Stacey!", erschallte eine panische Stimme von rechts kommend. „Stacey!"

Aus dem Augenwinkel konnte er eine schlanke Person über das Feld laufen sehen. „Sie sollten langsamer werden!", rief er.

„Stacey!", schrie sie erneut. Beim Anblick des knurrenden Hundes neben ihrem kleinen Mädchen wurde die Frau kreidebleich und legten ihre Hände über ihren Mund.

„Keine Sorge, Lady", sagte er. „Hilfe ist unterwegs."

Dieses Mal schien ihn die verzweifelte Frau zu hören und wurde langsamer. Ihre Augen wanderten zu ihm, dann wieder zurück auf das Mädchen. „Liebling, komm her. Lass den Hund los und komm zu Mami."

Erleichterung machte sich breit, als das aggressive Tier, das noch immer knurrte, sich auf die Hinterläufe setzte. Keine Angriffshaltung mehr. *Fortschritt.*

„Stacey, Schätzchen", die Stimme der Frau wurde leiser, doch in jedem Wort war ihre Anspannung zu hören, „lass den Hund los."

Durch den Klang ihrer flehenden Stimme verstummte der Hund. *Interessant.* „Ma'am. Sprechen Sie weiter. Ihre Stimme scheint den Hund abzulenken. Ich versuche näher heran zu kommen."

Der verängstigte Blick der Frau wanderte zu ihm. „Lassen Sie nicht zu, dass er ihr etwas tut."

Wäre es ein anderer Zeitpunkt oder eine andere Person gewesen, hätte er eine schroffe Antwort gegeben. Stattdessen nickte Connor und ging vorsichtig einen Schritt nach vorne. Der Hund betrachtete ihn, aber bewegte sich nicht, knurrte nicht.

„Vorsichtig", flüsterte die Frau.

Connor spürte ihre Angst. Er musste an das kleine Mädchen herankommen. Als Antwort auf die Frauenstimme, legte der Hund sich auf den Boden. Connor hielt einen Moment inne, um das Verhalten des Tieres einzuschätzen. „Reden Sie weiter. Rufen Sie ihre Tochter zu sich."

Sie ging auf die Knie, streckte ihre Arme aus und versuchte es erneut: „Stacey, Liebes, komm zu Mami."

Der Hund verlagerte sein Gewicht, legte die Hinterbeine auf die Seite und lehnte sich an das Mädchen. Verstand der Hund, dass dies ihre Mutter war? Nichts sonst könnte die Änderung im Verhalten des Hundes erklären. Connor klopfte sich an den Oberschenkel. „Guter Junge. Komm her." Zu seiner Überraschung erhob sich der Hund und bewegte sich von dem Mädchen weg. Langsam trottete er auf Connor zu. „Ich werde …"

„Oh, mein Liebling." Bevor die Mutter ihr Kind in die Arme schließen konnte, lief die Kleine wieder dem Hund hinterher, der nun hechelnd und mit dem

Schwanz wedelnd vor Connor saß.

„Du bist also ein Beschützer?" Connor kraulte den Hund am Ohr, als das kleine Mädchen bei ihm ankam und sich auf das Tier warf, gefolgt von einer dankbaren, in Tränen aufgelösten Frau.

„Danke. Vielen Dank." Die Frau, die er nun als ziemlich attraktive Rothaarige wahrnahm, küsste ihre Tochter auf die Stirn, die Schläfe, die Wange. Dann lehnte sie sich etwas zurück und rieb die Arme des Kindes, als wollte sie sich versichern, dass das kleine Mädchen immer noch intakt war. Bevor er reagieren konnte, drehte sich die erleichterte Mutter zu ihm und schloss ihn fest in ihre Arme, wobei sie ihm den Hut vom Kopf stieß. „Ich danke Ihnen so sehr."

„Ich, ähm …" Seine Instinkte übernahmen. Was sonst sollte ein Mann tun, wenn eine wunderschöne Frau in seinen Armen landete? Besonders ein Mann, der die meiste Zeit auf einer Ölplattform verbrachte, auf der es keine hübschen Frauen gab? Seine Arme schlossen sich um sie und der Adrenalinschub, der ihn eben noch über die Weide hatte rasen lassen, wurde plötzlich von einem ganz anderen Rausch verdrängt. Einer Art Rausch, die peinlich werden könnte, wenn er sich nicht von ihrer Umarmung befreite – schnell. Er ließ seine Arme nach unten sinken, atmete tief durch und dachte an ein kaltes Eisbad.

Erleichterung machte sich in ihm breit, als sie ihn losließ und stattdessen ihre Tochter in die Arme schloss. Rothaarig *und* mit langen Beinen. Er konnte seinen Blick nicht von ihr abwenden. Langsam ließ sie ihre Tochter los und richtete sich wieder auf, während sie die kleine Kinderhand fest in ihre schloss.

Das Mädchen jedoch riss sich von ihrer Mutter los, warf Connor ein flüchtiges Lächeln zu und knuddelte den Hund erneut.

Connor setzte seinen Hut wieder auf und rief sich

die aktuelle Lage wieder ins Gedächtnis, ein kleines Mädchen, das nur knapp einem bösartigen Hund entkam

„Ich … ich verstehe nicht", murmelte die Frau, während sie ihre Tochter anstarrte.

„Das tun wir beide nicht, Ma'am." Nur für den Fall hielt Connor den Hund fest und blickte der Frau in die Augen. „Sind Sie *verrückt?*"

KAPITEL VIER

Das alles ergab keinen Sinn. Stacey lief nicht einfach weg. Sie spielte mit ihren Spielsachen, sah etwas fern oder tippte gelegentlich auf Catherines Tablet herum. Hunden nachlaufen und fremde Männer anlächeln – selbst gutaussehende Männer – das war einfach nicht die Norm. Nicht mehr.

„Es ist gefährlich, Kinder auf fremden Weiden herumlaufen zu lassen. Sie hatten verdammtes, ähm großes, Glück, dass wir hier heute keine Rinder oder Pferde auf der Weide hatten." Der Mann starrte sie an, während er den Hund am Kinn streichelte.

Haben Hunde eigentlich ein Kinn? „Sie muss Ihren Hund vom Küchenfenster aus gesehen haben und ihm gefolgt sein." Die Angst, als sie Stacey nicht in der Küche vorfand, fing langsam an zu schwinden. Stattdessen brodelte Wut in ihr hoch, als sie daran dachte, in welcher Gefahr ihre Tochter hätte sein können. Nur wegen eines nicht angeleinten Hundes. Sie richtete sich zu voller Größe auf und wandte sich an den gutaussehenden Cowboy. „*Sie* sollten keine aggressiven Tiere frei rumlaufen lassen."

„So aggressiv scheint er nicht zu sein." Der Cowboy streichelte den Hund noch immer. „Außerdem gehört er mir nicht."

Das große, pelzige Tier legte eine Pfote auf den Fuß des Fremden und Catherine hob eine Augenbraue. „Sieht aber so aus."

Das Trampeln von Hufen erschütterte den Boden unter ihren Füßen. Sie blickte auf und sah zwei Pferde, die direkt auf sie zu ritten. Und wie in einem alten Westernfilm schien es, als würden die Pferde weiterlaufen, während die Reiter bereits abgesprungen waren und auf den am Boden knienden Cowboy zuliefen.

„Das ist das bösartige Vieh?" Der jüngere der beiden ankommenden Männer steckte sich ein Paar Handschuhe in die Gesäßtasche, während der andere Cowboy hinter ihm lachte.

„Halt den Mund, Finn."

Der größere der beiden Neuankömmlinge war fixiert auf den Hund und seine Augen musterten ihn von oben bis unten. „Der schon wieder."

„Wieder?", fragte Connor, der den Hund noch immer streichelte.

Der Mann, der so groß wie eine Eiche wirkte, antwortete: „Er hat Tonis Mann auch schon in die Ecke gedrängt."

Das klang nicht so gut. Wenn Catherine das Knurren des Tieres nicht selbst miterlebt hätte, hätte sie auch nicht geglaubt, dass dieser Hund, der sich an ihre Tochter kuschelte, irgendjemanden gefährlich werden konnte. Ihre guten Manieren meldeten sich. Sie konnte weiter darüber nachdenken, nachdem sie sich vorgestellt hatte. Sie streckte die Hand und sagte: „Ich bin Catherine Hammond."

Die beiden Männer, die eben auf den Rücken der Pferde angekommen waren, nickten und tippten ihre Hüte an. Sie nahm an, das war das texanische Pendant zu einem Händeschütteln.

Als sie ihren Arm nicht senkte, ergriff sie der größere der Männer. „Adam Farraday, freut mich Sie kennen zu lernen."

Von hinten sagte der jüngere: „Finnegan Farraday, Ma'am."

Immer noch neben dem Hund kniend starrte sie der Mann, der sie als verrückt bezeichnet hatte, mit seinen blauen Augen an, die in Kontrast zu seiner sonnengebräunten Haut standen. Bräune, die man von harter Ranch-Arbeit bekam, nicht durch ein Sonnenstudio. Erst als Adam ihm von hinten einen leichten Tritt gab, sprach er: „Connor Farraday."

Sie erinnerte sich daran, dass es auf der Nachbarranch Jungen gegeben hatte. Eine verschwommene Erinnerung, dass einer von ihnen immer ziemlich nett zu ihr gewesen war, drängte sich in den Vordergrund. Aber hauptsächlich erinnerte sie sich daran, die Ranch, die Pferde und die Jungs, die sie damit aufzogen, dass sie keine Ahnung von irgendetwas hatte, gehasst zu haben.

Der Cowboy mit den strahlend blauen Augen richtete sich auf und legte seine Hand auf dem Kopf des Hundes. „Du bist Ralphs Enkelin?"

„Ja, bin ich."

„Unser Beileid zum Verlust deines Großvaters." Der große nahm seinen Hut ab, der jüngere tat es ihm gleich und nickte.

„Ähm, danke für die Hilfe." Catherine war sich nicht sicher, was sie sonst sagen sollte. Den größten Teil ihres Lebens hatte sie gedacht, dass ihre Großeltern beide bereits tot waren. „Komm Liebling."

Anstatt mit ihrer Mutter zu gehen, schmiegte sich Stacey lieber an diesen räudigen Hund und ihre Augen waren auf die Pferde gerichtet, die etwas abseits standen.

„Schätzchen. Wir müssen diesem Mann seinen Hund zurückgeben."

„Er ist nicht –"

Catherine unterbrach den Retter ihrer Tochter mit einem Blick, der einen Richter des Obersten Gerichtshofs dazu gebracht hätte, sein Urteil nochmals zu überdenken. Sein Glück, dass er schnell von Begriff war.

„Wir müssen gehen", wiederholte sie strenger. Sie zog Stacey von dem Hund weg und hob ihre Tochter hoch. Nach fast zwei Jahren des Schweigens und widerspruchsloser Akzeptanz, wäre eine Trotzreaktion eine willkommene Überraschung gewesen. Stattdessen schmiegte Stacey, zusammengekauert in Catherines Armen, ihre Wange an die Schulter ihrer Mutter.

„Wenn du etwas brauchst, lass es uns wissen", rief ihr Adam, der größere zu, als sie sich abwandte.

„Danke", war das Einzige, was sie noch herausbrachte. Die Art von Hilfe, die sie brauchte, konnte ihr niemand geben.

Die Blicke von Connor und seinen Brüdern ruhten auf ihrer neuen Nachbarin, während diese ihre kleine Tochter davontrug.

„Es ist ein langer Fußmarsch zu ihrem Haus." Finn zog seine Handschuhe wieder aus der Hosentasche.

„Sie sah nicht aus, als wolle sie darauf warten, bis einer von uns ein Quad herholt." Adam betrachtete die Frau, wie sie das alte Tor entriegelte und hindurch ging. „Ich frage mich, was das Mädchen hat?"

Der gleiche Gedanke schwirrte auch Connor im Kopf herum. Ihm war das Schweigen der Kleinen nicht direkt aufgefallen. Zu Beginn war er fassungslos darüber gewesen, dass ihre Mutter dem Kind gestattete, allein auf unbekanntem Gelände unterwegs zu sein. Besonders einem Stadtkind, das keine Ahnung davon hatte, wie gefährlich die Tiere auf einer Ranch schon allein wegen ihrer Größe sein konnten. Danach war er durch die Nähe, die plötzlich zwischen ihnen herrschte, abgelenkt worden. Und nachdem er seine Gedanken wieder sortiert hatte, kam die Wut darüber wieder, dass sie nicht besser auf das süße Kind aufpasste.

„Denkst du, sie ist nur schüchtern?" Finn wandte sich zu seinem Pferd. „Wo ist er hin?"

Connor wandte seinen Blick von der leeren Weide ab und richtete seine Aufmerksamkeit auf seinen Bruder. Sein Pferd stand da, wo eben noch Finn war und er zeigte auf den Wallach. „Da drüben."

„Nicht Ace. Der Hund."

Adam und Connor blickten sich beide um.

„Verdammte Scheiße!" Adam spähte in alle Richtungen und suchte die Gegend ab. „Das muss definitiv der gleiche Hund gewesen sein. Er hat es schon wieder getan."

„Was wieder getan?" Connor war offenbar nicht der schnellste, wenn es um den Hund ging.

„Spurlos verschwinden." Adam schüttelte den Kopf. „An dem Morgen, an dem ich Meg draußen bei der Thomas Ranch aufgegabelt habe, war es zu dunkel, um einen Blick auf ihn zu erhaschen. Aber ich bin mir sicher, es war der Köter, der Tonis Drecksack von Ehemann in die Enge getrieben hat."

„Nun, wenn er Toni auch so gut beschützt hätte, wie eben Stacey, dann muss es wohl ein und derselbe Hund gewesen sein." Connor rückte seinen Hut zurecht, damit seine Hände etwas zu tun hatten.

„Ich frage mich nur", Adam drehte sich noch einmal um, „woher das verdammte Mistvieh immer wieder kommt? Wem gehört er?"

„Eine dieser Fragen auf die es keine Antwort gibt." Finn stellte seinen Fuß ins Steigeisen und schwang sich auf den Rücken seines Lieblingspferdes. Im Sattel sitzend zog er an den Zügeln. „Ich sehe euch zuhause. Tante Eileen wird wissen wollen, dass Ralphs Enkelin angekommen ist."

Adam pfiff seinem Pferd. „Ich bin überrascht, dass du mit keinem Wort erwähnt hast, dass du die Ranch kaufen willst."

„Nicht der richtige Zeitpunkt." In Wahrheit war ihm der Gedanke nicht gekommen. Der Adrenalinschub, der ihn beim Anblick eines wilden Hundes Auge in Auge mit einem unschuldigen Kind überkommen hatte, hatte alles bis auf einen Gedanken aus seinem Verstand gelöscht. Das kleine Mädchen zu retten. Auch wenn es jetzt nicht mehr danach aussah, als hätte sie gerettet werden müssen. Daran, wohin seine Gedanken abschweiften, als Catherine sich an ihn schmiegte, wollte er gar nicht denken. Es war nichts, lediglich eine chemische Reaktion. Es war eine Weile her, seit er das letzte Mal die Gesellschaft einer Frau genossen hatte. An dieser Frau war nichts Besonderes. Überhaupt nichts.

„Erde an Connor." Adam saß hoch auf seinem Lieblingspferd. „Willst du hier übernachten, oder kommst du zum Haus?"

„Haus", murmelte Connor und ging ein paar Schritte hinüber, wo Pharaoh auf ihn wartete. Nun, da er wusste, mit wem er es zu tun hatte, war es an der Zeit eine Strategie zu entwickeln.

KAPITEL FÜNF

„Vier Damen. Schaut und weint." Eileen Callahan legte ihre Karten auf den Tisch. In dem Moment, in dem der Tuckers-Bluff-Ladys-Verein gehört hatte, dass die Ralph Brennans Enkeltochter wieder in der Stadt war, wurde sofort eine Montagmorgen-Pokerrunde angesetzt.

Sally May warf ihre Karten stöhnend auf den Tisch. „Selbst wenn Nora ein Spiel wegen der Arbeit verpasst, habe ich wohl keine Chance. Deine Glückssträhne hält nun schon die dritte Woche in Folge an."

„Und ich bin unglaubliche vier Dollar und zwanzig Cent reicher. Eileen stapelte ihre Chips neben sich. Sie spielten schon fast solange Penny-Poker, wie sie in Tuckers Bluff lebte. Indem sie die bunten Pokerchip benutzten, fühlten sie sich wie große Haie, doch hier im Silver Spurs Café würde keine von ihnen reich werden oder bankrott gehen.

„Es überrascht mich nicht, dass sich das Kind zu so einem Hingucker entwickelt hat. Ruth Ann teilte die Karten aus und lenkte das Gesprächsthema wieder auf den Grund ihres außerplanmäßigen Treffens. „Ich erinnere mich noch gut daran. Die kleine Catherine war zuckersüß. Marjorie war so stolz auf sie. Und sie hat Marjories Lächeln geerbt."

„Ist sie noch immer ein Rotschopf?", fragte Sally May.

Eileen zuckte die Achseln. „Wenn du feuerrot wie Megs Haare meinst, nein. Eher rostrot. Aber sicher kein Braun. Hübsche rote Highlights. Erinnert mich an einen Rotfuchs."

„Genau, wovon jede Frau träumt, mit einem Pferd verglichen zu werden." Ruth Ann warf einen Chip in den Topf. „Gehe mit."

„Und sie hat kein Wort darüber verloren, warum sie hier ist oder wie lange sie bleiben will?", fragte Sally May.

„Nein." Eileen erhöhte den Einsatz. „Wir haben nur kurz geredet, als ich den Kuchen vorbeigebracht habe."

Dorothy hob ihren Blick. „Blaubeer-Schmand?"

„Nein", lachte Eileen, „du weißt doch, immer wenn ich Blaubeer-Schmand backe, bekommst du einen ab. Apfelstreusel."

Dorothy widmete ihre Aufmerksamkeit wieder den Karten in ihrer Hand und lächelte. „Wollte nur sichergehen."

„Also ist alles was wir wissen, dass sie hübsch ist, eine kleine Tochter hat und erschöpft von der langen Reise ist." Ruth Ann legte zwei Karten auf den Tisch.

„Nicht viel mehr, als wir bereits wussten, nachdem Andy verkündete, dass er gebeten wurde, mit der Beisetzung zu warten, bis die Enkelin eintrifft." Dorothy legte drei Karten ab.

„Ich denke, sie weiß selbst noch nicht, was sie machen wird." Eileen nahm ihre neuen Karten einzeln auf. „Ich habe ihr gegenüber erwähnt, dass ich mit Ralph vereinbart hatte, mich um die Veräußerung von Marjories Sachen zu kümmern und dass ich dies auch weiterhin gerne für sie tun werde."

„Was hat sie dazu gesagt?", fragte Sally May.

„Dass sie mir Bescheid gibt."

„Klingt für mich wie ein höfliches Nein." Dorothy blickte auf ihre Karten und verkniff sich ein Lächeln.

Eileen schüttelte den Kopf. „Das glaube ich nicht. Sie war noch immer ziemlich aufgebracht darüber, dass die kleine Stacey auf unser Grundstück gelaufen war, als sie diesen wilden Hund verfolgt hatte."

Ruth Ann und Sally May drückten ihre Karten an die Brust und starrten Eileen an. Dorothy schob ihre Karten zu einem Stapel zusammen und legte eine Hand an ihre Hüfte. „Und du erwähnst jetzt erst, dass ein Rudel wilder Hunde hier rumläuft?"

„Kein Rudel. Einer. Und auch nicht wirklich wild." Eileen schnaubte. „Wenn man glauben kann, was die Jungs erzählt haben, hat er das kleine Mädchen beschützt, indem er Connor angeknurrt hat und nicht von Staceys Seite gewichen ist, bis ihre Mutter kam."

„Klingt, als würde er einen guten Hütehund abgeben", warf Sally May ein, während sie ihre Karten begutachtete. „Braucht nur eine Familie, die ihm ein Zuhause gibt."

Eileen sortierte ihre Karten neu und schüttelte den Kopf. „Nein, der Hund ist ein Einzelgänger. Verschwindet, genauso schnell wie er auftaucht."

„Bist du ihm schon begegnet?"

„Es ist derselbe Hund, der schon Tonis Arschloch von Mann, in die Enge gedrängt hat."

„Braves Hündchen." Sally May warf einen Chip in den Topf. „Die fünf gehe ich mit."

„Wo wir gerade über gestörte Ehemänner sprechen", Ruth Ann blickt über ihre Karten zu den anderen Frauen, „hat eine von euch mitbekommen, was bei Charlotte und Jake Thomas los ist?"

Eileen konzentrierte sich auf ihre Karten. Sie hatte Brooks und Adam versprochen, dass sie keine Gerüchte in Umlauf bringen würde, als sie die beiden über die Geschehnisse hatte reden hören. Doch sie hatte nicht versprochen, dass sie nicht zuhören würde.

„Du meinst das gebrochene Handgelenk?", fragte Dorothy.

„Vielleicht." Stirnrunzelnd schob Ruth Ann ihre Karten umher. „Burt Larson sagt, dass der junge Jake Charlotte gestern im Futterladen angeschrien hat. Sie ist ganz still geworden und Jake ist ins Hinterzimmer verschwunden, bevor Burt eingreifen konnte."

„Ich frage mich, ob D.J. deshalb in letzter Zeit öfter im Futterladen vorbeischaut, als sonst", sagte Sally May.

„Ich bin raus." Ruth Ann legte ihre Karten ab. „Ich weiß nicht. Mrs. Peabody hat im Cut and Curl erzählt, dass Jake Jim Brady gegenüber ausgerastet ist, als sie gerade dort war, um Futter für ihr Vogelhäuschen zu kaufen. Jakes Frau musste einspringen und kassieren, während er nach draußen ging, um sich zu beruhigen."

Eileen legte ihre Karten nieder. „Er hat einen Kunden angeschrien?"

„Tess Rankin war auch beim Friseur und sagte, ihr sei das Gleiche passiert. Jake schien verwundert über die Bestellung ihres Mannes und schnauzte sie an, als wäre es ihre Schuld, dass er nicht wusste, was er wollte. Sie sagte, dass es ja so kommen musste. Kein Spross vom alten Thomas bleibt ewig ein netter Kerl."

„Ich denke", Dorothy warf fünf Chips in den Topf, „wir sollten uns einmischen. Ein Auge auf Charlotte Thomas haben. Wir können nicht die Art Leute sein, die einfach wegschauen und nichts unternehmen."

Das stimmte. Aber laut dem, was Brooks Eileen über den Tag erzählt hatte, an dem er Eileens Handgelenk eingegipst hatte, bestand Charlotte darauf, dass ihr Mann ein liebender Ehemann war. Wie zum Teufel half man jemanden, der blind vor Liebe ist?

Nachdem er noch vor dem Morgengrauen aufgestanden

war, um Finn bei der Arbeit auf der Ranch zu unterstützen, hatte Connor den Großteil des Tages damit verbracht, seinen Frust auszuschwitzen. Er liebte die Arbeit auf dem Land mit seiner Familie. Aber noch mehr liebte er es, mit Pferden zu arbeiten. Jeder, der je etwas Zeit mit diesen gewaltigen, warmherzigen Tieren verbracht hatte, verstand wie er fühlte. Er kannte ein paar Leute, die ihm liebend gerne das Stück Land, das er für sein Vorhaben benötigte, verkaufen würden. Wenn nicht in diesem Bundesstaat, dann im benachbarten. Doch dann war es kein ursprüngliches Farraday-Land.

Was das Nachbargrundstück für ihn so begehrenswert machte, war die Nähe zu seiner Familie. Auch wenn er aktuell noch keine Gedanken daran verschwendete, zu heiraten und selbst eine Familie zu gründen, war immer klar gewesen, dass alle Brüder, wie Adam, irgendwann die richtige Frau finden und sich hier niederlassen würden. Das Connor genug von der Brennan-Ranch kaufen würde, um seine Pferdezucht zu gründen, und Finn den übrigen Teil für die Rinderzucht der Farradays übernehmen würde, machte einfach Sinn. Jetzt, wo sie erfahren hatten, dass das Land der Brennans ursprünglich Farraday-Land gewesen war, wurde es sogar zu einer Herzensangelegenheit.

Sich am sprichwörtlichen Riemen zu reißen und bei Catherine Hammond anzuklopfen, war die beste Option, herauszufinden, wie die Chancen für seine Unternehmung standen. Er ritt zum Brennan-Haus, stieg von seinem Pferd und band Pharaoh am Boden im Schatten der einsamen Eiche fest. Er würde sich schließlich keinem Erschießungskommando stellen müssen. Also erhob er sich und machte den ersten Schritt in Richtung des Hauses, als sich die Tür mit einem Quietschen öffnete.

Das kleine Mädchen in der Tür war zuckersüß. Bei jedem vorsichtigen Schritt hüpften ihre Locken im Sonnenlicht. Am vergangenen Abend hatte er sich mehr auf den Hund, als auf das Mädchen konzentriert. Und dann auf die Mutter. Er war nicht gerade gut im Schätzen, doch seiner Meinung nach war die Kleine etwa vier oder fünf Jahre alt. Aber sollten fünfjährige einem nicht das Ohr abkauen? Sie sah aus wie ein typisches Stadtkind, dunkle Leggings, blau geblümtes Kleidchen. Die wenigen Kinder, die er kannte, trugen praktisch von Geburt an wie die Erwachsenen Jeans und Stiefel. Die Farben ließen ihre blauen Augen strahlen. Dieselben Augen, wie ihre Mutter.

Kurz vor ihr kniete er nieder, um sie nicht mir seiner Größe zu verängstigen. Kinder waren nicht gerade seine Stärke, aber keiner der Farraday-Söhne hatte jahrelang den Sonntagsgottesdienst besucht, ohne auf den Kirchenfeiern ein oder zwei Dinge darüber zu lernen, wie man mit einer Horde Kindern umging. „Hallo nochmal. Erinnerst du dich an mich?"

Im Gegensatz zu gestern nickte das Mädchen und er deutete dies als gutes Zeichen. Hoffentlich würde die heutige Unterhaltung mit ihrer Mutter besser verlaufen als die gestrige. Fast im gleichen Augenblick blickte das Mädchen über seine Schulter hinüber zu Pharaoh, der sich das wenige Gras unter der Eiche schmecken ließ.

„Magst du Pferde?"

Die Kleine antwortete nicht und ging an ihm vorbei auf das Pferd zu.

Er erhob sich und griff ihre Hand. „Wenn du dich dem Pferd nähern möchtest, musst du meine Hand nehmen, okay?"

Sie nickte oder sprach nicht, akzeptierte jedoch seine Hand.

Auch wenn er wusste, dass sie ein Kind war, überraschte es ihn, wie klein ihre Hand war, und er fühlte sich sogleich wie ihr Beschützer. Das Mädchen kam offensichtlich nicht nach ihrer Mutter, wenn es um Pferde ging. Ohne Angst in ihren Augen, zog sie ihn praktisch hinter sich her. Als sie bei Pharaoh angelangt waren, wurde er langsamer. „Okay, Schätzchen. Ich hebe dich hoch, dann kannst du ihn am Kopf streicheln. Ist das in Ordnung?"

Die blonden Locken hüpften zustimmend auf und ab und Connor musste lächeln. Sie war vielleicht schüchtern, doch sie mochte Pferde. Grund genug für ihn, sie ins Herz zu schließen. Er hob sie auf seinen linken Arm und stellte sich neben Pharaoh.

„Also, einem Pferd musst du dich immer so nähern, dass es dich sehen kann. Anders als bei Menschen, sind die Augen von Pferden auf der Seite ihres Kopfes. Du willst sie ja nicht erschrecken, indem du von vorn auf sie zukommst. Verstehst du das??"

Der kleine Kopf wackelte erneut auf und ab.

„Gut." Er strich mit seiner rechten Hand Hand über die Seite von Pharaohs Kopf. „Streichle ihn langsam und vorsichtig, so wie ich gerade."

Ohne zu zögern lehnte sie sich nach vorne und strich mit ihrer Hand den Kopf des Pferdes entlang zum Kinn und dann wieder zurück.

Zufriedenheit machte sich in ihm breit, ähnlich dem Stolz, den er verspürt hatte, als seine Schwester Grace einen Preis mit einem von ihm aufgezogenen und trainierten Pferd gewonnen hatte. „Genau so."

Stacey blickte auf ihre Hand. „Pharaohs Nase stupste sanft gegen ihre Handfläche, wobei seine Backenhaare ihre sensible Haut kitzelten. Ein kurzes Lächeln breitete sich kurz auf den Lippen des kleinen Mädchens aus, bevor sie sich nach vorne lehnte und ihre Armen um den Hals des Pferdes schlang.

Connor hielt sie fester und verlagerter sein

Gewicht, um die Balance nicht zu verlieren. „Langsam. Denk dran, wir wollen ihn nicht erschrecken."

Nicht, dass es Pharaoh etwas ausmachte. Er schmiegte sich noch immer an Stacey, begierig, ihre Zuneigung zu erwidern.

„Ich werde…"

„Was tust du da!", schallte Catherin Hammonds wütende Stimme über den Vorgarten.

KAPITEL SECHS

Zweimal in zwei Tagen war zu viel. Erst ein launischer Streuner und nun das. Ein Pferd. Ein verdammtes Killerpferd. „Weg von diesem Tier." Catherine stampfte schnellen Schrittes über den Vorgarten und ihr Herz raste wie wild. Wer hätte ahnen sollen, dass nach Texas zu kommen, so gefährlich für ihre Tochter sein würde. „Bitte."

Der Cowboy von gestern, Connor, ging einen Schritt zurück. Doch genau wie bei dem Hund gestern, hatte Stacey ihre Arme nun fest um dieses Tier geschlungen. Ein Pferd, groß genug, um einen ausgewachsenen Mann zu Tode zu trampeln.

„Los gehen wir zu deiner Mama", sagte Connor leise zu Stacey und zog leicht an ihrem Ellbogen.

Stacey löste langsam ihren Griff, wobei ihr Blick noch immer auf das Pferd gerichtet war. Noch einmal versuchte Connor, einen Schritt zurück zu machen und in letzter Sekunde drückte Stacey Pharaoh noch einen Kuss aufs Fell. Dann grinste sie und legte ihre Arme um Connors Hals.

Der unerwartete Anblick des fast fröhlichen Kindes nahm Catherine den Wind aus den Segeln. Sie wurde langsamer, ihr Mund trocken. Sie war vom breiten Grinsen ihrer Tochter beinahe geblendet. Fast zwei Jahre ohne ein einziges Lächeln und jetzt gleich zweimal ein breites Grinsen innerhalb von nicht einmal vierundzwanzig Stunden. Catherine war sich nur nicht im Klaren, ob das Grinsen den Tieren oder diesem Cowboy zu verdanken war.

Da sich Stacey nicht mehr an das große Pferd klammerte, konnte sich Connor nun zu Catherine umdrehen. Sein Schritt war ruhig und es wirkte, als wäre es nichts Neues für ihn, ein Kind herumzutragen. Seltsamerweise waren es nicht die funkelnden blauen Augen, die hart erarbeiteten Muskeln oder seine dunklen Locken, die unter seinem weißen Cowboyhut hervorschauten, die ihn so sexy aussehen ließen. Was ihn noch tausendmal attraktiver als gestern aussehen ließ, war das Lächeln ihrer Tochter, die ihre Arme glücklich um ihn gelegt hatte.

Mitten im Vorgarten kniete sich Connor hin, um Stacey auf ihre Füße zu stellen. „Wir wollte dich nicht aufregen. Pharaoh ist ein gutmütiges Pferd. Stacey könnte um seine Hufe herumkrabbeln und er würde nicht die kleinste Bewegung machen. Nichts würde ihr zustoßen.“

Ja, genau. Catherine streckte ihren Arm mit geöffneter Hand aus und rief leise ihre Tochter zu sich. Sie war überrascht, als Stacey kurz zögerte. Wenn man all die anderen ungewöhnliche Reaktionen bedachte, die dieser Cowboy und das Landleben aus ihr herausgelockt hatten, hätte das Zögern sie nicht überraschen dürfen.

Ihre Tochter stellte sich neben sie und Catherine wandte sich an den Mann, der vor ihr stand. „Wenn du gekommen bist, um mich wieder zu kritisieren –“

„Nein, Ma'am.“ Connor lupfte seinen Hut. „Könnten wir uns einigen, dass unsere gestrigen Worte wegen unserer gemeinsamen Sorge um Stacey ausgesprochen wurden?“

„Gut.“ Auf dieses Angebot konnte sie eingehen, auch wenn das nicht die unerwarteten Gefühle erklärte, die sie plötzlich verspürt hatte, als sie in seinen Armen gelegen war. „Danke, dass du meine Tochter beschützt hast.“

„Rückblickend denke ich, dass sie nie wirklich in Gefahr war.“

„Vielleicht“, stimmte Catherine höflich zu. Doch die gefletschten weißen Fangzähne hatten sich in ihr Gedächtnis eingebrannt. Ein Fehler, eine falsche Bewegung und sie hätte ihr Baby verlieren können. Dieses Mal wirklich. Doch das war nicht die Schuld dieses Mannes. Es war ihre Schuld. Sie hatte Stacey allein in der Küche gelassen, während sie das Auto ausgeräumt hatte. „Möchtest du reinkommen und etwas trinken? Deine Tante hat mir genügend zu essen hiergelassen, um die ganze Stadt zu bewirten.“

Connor schmunzelte. Das Lächeln stand ihm. „Danke. Sehr gerne.“

Sie ging voran, überquerte die Türschwelle und nahm einen sanften Atemzug. Jedes Mal, wenn sie das alte Haus betrat, war es wie eine Reise in die Vergangenheit. Und jedes Mal war es genauso erstaunlich, wie das Mal zuvor. „Setz dich irgendwo hin. Ich hole uns etwas Limonade.“ Sie zeigte mit den Armen auf den großzügigen Wohnbereich.

„Keine Umstände. Ein Glas Wasser reicht auch.“

„Das macht keine Umstände. Deine Tante hat einen frischen Krug vorbeigebracht. Ich kann mich gar nicht daran erinnern, wann ich zuletzt hausgemachte Limonade getrunken habe.“

„Deine Großmutter machte die beste Erdbeerlimonade diesseits des Rio Grande.“ Anstatt sich zu setzten, folgte Connor Catherine in die Küche. „Im Frühling ist viel los auf einer Ranch. Manchmal, wenn dein Großvater nicht genug Leute hatte, brachte mein Vater uns Jungs vorbei, um Mr. Brennan bei seiner Arbeit zu helfen. Deine Großmutter belohnte uns immer mit einem extra großen Stück Kuchen und einem großen Glas Erdbeerlimonade. Sie behauptete immer, einen Zitronenbaum auf dem Dachboden versteckt zu haben."

„Ich wünschte, ich hätte mehr Erinnerungen an sie. Wenn ich hier im Haus herumlaufe, tauchen immer wieder Bilder einer Frau vor meinem geistigen Auge auf. Fetzen von Erinnerungen, die ich nicht wirklich greifen kann. Aber schönen Erinnerungen."

Connor nickte. „Miss Marjorie war eine gute Seele. Ihr Tod hat uns alle getroffen."

„Weißt du, woran sie gestorben ist?"

Connor hielt seinen Hut in der Hand und spielte an der Krempe herum. „Ich war zu der Zeit noch klein und kann mich nicht recht erinnern. Aber einige sagen, sie starb an einem gebrochenen Herzen."

Catherine nickte. Sie wusste lediglich von ihrem Großvater, dass ihre Oma eines Abends kurz nach ihrem einundsiebzigsten Geburtstag zu Bett gegangen war und nicht wieder aufwachte. Es war fast Ironie, dass ihre beiden Großeltern mehr oder weniger auf die gleiche Weise verstorben waren. Die Augen schließend, um sie nie wieder zu öffnen. Schmerzlos. Ein friedliches Ende. „Das Einzige, was mich aufmuntert ist das Wissen, dass mein Großvater, wenn er die Augen wieder öffnet, Gott und meine Großmutter sehen wird. Ich weiß, dass er sie immer noch vermisste."

„Tante Eileen hat erwähnt, dass du wieder Kontakt zu Mr. Brennan aufgenommen hast."

Catherin nickte. „Er wollte uns besuchen. Ich war zu beschäftigt, um herzukommen." Sie verkniff sich ein bitteres Lächeln. „Ich hatte einfach keine Zeit ihn zu besuchen, als er noch am Leben war. Und jetzt, wo ich hier bin, ist es zu spät."

„Ich bin sicher es würde ihn glücklich machen, zu wissen, dass du jetzt hier bist."

„Ich weiß nicht, was ich erwartet hatte aber ich wusste, ich muss herkommen.“

Dieses Mal war es Connor, der nickte. Er wusste nicht recht, was er darauf sagen sollte.

Stacey hatte es sich bereits am Ende des Tisches mit einem Malbuch und Buntstiften gemütlich gemacht, als Catherine ihr ein Glas Limonade brachte und dann zwei Gläser für sich und ihren Gast einschenkte.

„Also“, sie setzte sich gegenüber von Connor an den Tisch, „was führt dich hierher?“

Sich über ihre Pläne für das Anwesen zu erkundigen, nachdem sie gerade über den Tod ihrer Großeltern gesprochen hatten, schien Connor nicht angemessen. Doch es noch länger vor sich herzuschieben, würde die Sache auch nicht einfacher machen. Besonders, da er nicht wusste, wie lange sie bleiben würde. „Was weißt du über die Pläne deines Großvaters bezüglich der Ranch?“

„Ich weiß, dass er die Weiden an deine Familie verpachtet hat.“

Connor nickte. „Das stimmt. Er hat uns seine Rinder verkauft, als Finn seinen Abschluss gemacht hatte und nach Hause kam, um Vollzeit auf der Familienranch zu arbeiten. Ein paar der Viehtreiber kamen gleich mit.“

„Hat er erzählt, warum er sie verkauft hat?“

„Ihr Großvater war bis ins hohe Alter noch sehr rüstig. Doch die Ranch-Arbeit ist hart, selbst für junge Männer. Ich denke, als er seine Zäune nicht mehr selbst reparieren oder ein lebhaftes Kalb nicht mehr allein einfangen konnte, machte es keinen Sinn mehr für ihn, weiter zu machen."

Die Frau starrte auf ihr unangetastetes Glas. „Weißt du, ich dachte, sie wären tot?"

„Wie bitte?" Er konnte nicht folgen. Sie waren beide verstorben.

„Als meine Mutter starb, war ich sechs Jahre alt. Mein Vater versuchte mir zu erklären, was geschehen war. Doch in diesem Alter kann man nicht mit dem Tod umgehen. Ich habe lange gedacht, Mama würde irgendwann nach Hause kommen, obwohl mein Vater immer gesagt hat, sie wäre jetzt im Himmel. Ich dachte, das wäre wie die Besuche in Texas und dass sie wieder nach Hause kommen könnte, wenn wie wollte."

„Das tut mir leid." Der Schmerz, als er seine eigene Mutter verloren hatte, war so greifbar wie vor fünfundzwanzig Jahren. Die Geburt der lang ersehnten Tochter hätte ein glücklicher Moment sein sollen. Seine Mutter hatte sich so sehr darauf gefreut, endlich Mädchensachen machen zu können. Aber auf einer Ranch aufzuwachsen, hatte ihn vermutlich gelehrt, den Kreislauf des Lebens besser verstehen zu können. Sie hatten viele Tiere verloren und als seine Mutter starb, war Connor klar, dass seine Mutter nicht irgendwann wieder kommen würde. „Ich war neun als meine Mutter starb."

Catherine blickte auf. Ihre Augen waren ruhig, gefühlvoll, mitfühlend. „Das tut mir leid." Sie fuhr mit einem Finger über den Rand ihres Glases. „Erinnerst du dich noch gut an sie?"

„Ja", er lächelte. „Das tue ich. Nicht so gut wie Adam. Er war zwölf. Aber ich werde sie nie vergessen."

„Ich erinnere mich nur dunkel. Ans Vorlesen vorm zu Bett gehen. An ihrem Schminktisch zu sitzen, wenn sie mir die Haare bürstete. An die schöne Musik, wenn sie Klavier spielte."

„Klingt nach schönen Erinnerungen."

Sie nickte. „Aber sie verblassen immer mehr. Ich weiß nicht mal mehr, wie sie wirklich ausgesehen hat. Es ist mehr eine Bild aus Farben. Dunkles Haar. Blasse Haut. Ein blaues Kleid."

„Du hast doch bestimmt Fotos? Jeder von uns Jungs durfte sich sein Lieblingsfoto von unserer Mutter aussuchen. Mein Dad hat sie gerahmt und wir stellten sie auf unsere Nachttische. So konnten wir unserer Mutter jeden Abend gute Nacht sagen. Genau wie früher."

Catherine gab ein spottendes Geräusch von sich. „Mein Vater hat jedes einzelne Foto meiner Mutter weggeschmissen. All ihre Habseligkeiten. Sogar ihr Schmuck wurde verkauft."

„Er hat nichts für dich aufbewahrt?"

Sie schüttelte den Kopf. „Es war beinahe, als hätte sie nie existiert."

„Ist das der Grund, warum du nie deine Großeltern besucht hast?"

„Laut meinem Großvater, ja. Nach dem Tod meiner Mutter hat mein Vater all unsere Sachen gepackt und wir sind nach Chicago gezogen. Ich habe nie wieder von Mamas Eltern gehört. Wahrscheinlich habe ich gedacht, dass sie als Mama starb auch gestorben sind."

„Als Kind hat man kein Mitspracherecht", murmelte er leise vor sich hin.

„Den Schmerz, die eigene Tochter, und dann auch noch die einzige Enkeltochter zu verlieren, möchte ich mir gar nicht vorstellen." Catherine blickte auf ihre Tochter, die aufs Malen konzentriert war.

Langsam realisierte er die Auswirkungen des Handelns ihres Vaters. Sie hatte sich nicht entschieden, ihren Großeltern nicht mehr zu besuchen. Sie wusste nicht, dass es sie noch gab. Und was den alten Brennan betraf ... „Dein Vater hat ihnen nicht gesagt, was passiert war und wo ihr wart.“

„Nein.“ Sie blickte ihm in die Augen. „Die beiden wurden völlig im Dunkeln gehalten. Du kannst dir gar nicht vorstellen, wie erschrocken ich war, als ich seinen Brief erhalten hatte.“

Connor konnte nur vermuten.

„Und als ich die Verbindung zu meiner Mutter wieder fand, verlor ich sie durch seinen Tod gleich wieder.“

Ein *Das tut mir leid lag* ihm auf der Zunge, doch er sprach die Worte nicht aus. Er war sich sicher, dass sie sein Mitleid nicht wollte. „Haben Stacey und du schon zu Abend gegessen?“

„Nein.“ Ihr Blick fiel auf die alte Küchenuhr an der Wand. „Ich wollte erst die Unterlagen in Großvaters Büro durchgehen. Dass es schon so spät ist, habe ich gar nicht bemerkt.“

„Gut, Tante Eileen kocht immer genug, um eine kleine Armee zu versorgen. Kommt doch zu uns zum Essen.“

„Oh, ich möchte euch nicht zur Last fallen. Deine Tante hat mir reichlich –“

„Ich bestehe darauf. Ich denke, ein Mensch kann nur ein bedingtes Maß an traurigen Erinnerungen ertragen, bevor er eine verrückte irische Familie benötigt, um zu realisieren, wie geistig gesund er eigentlich ist.“

Der Hauch eines Lächelns zierte ihre Lippen und Connor war froh, dabei geholfen zu haben, es dort zu platzieren. Und sollte sie ihm sagen, dass sie die Abmachung, die er mit ihrem Großvater getroffen hatte, nicht einhalten würde, dann wollte er es jetzt noch nicht wissen.

KAPITEL SIEBEN

„Sie fährt gerade her." Connor zog seine Tante an sich und küsste sie auf die Stirn. Eileen Callahan war eine zierliche Frau, verglichen mit ihren Neffen. Connor, der nur wenig kleiner war als Adam und Brooks, überragte seine Tante wie ein Berg. Er liebte ihr Kichern, wenn er sie wie eine Ballerina herumwirbelte und sie anschließend in die Arme schloss. „Ich dachte mir, dass du nichts dagegen haben würdest."

„Natürlich nicht." Sie tätschelte seine Wange, wie sie es auch immer getan hatte, als er noch ein Kind war. Dann zog sie ihn zu sich hinunter, um seine Wange küssen zu können. „Je mehr Leute, umso schöner. Außerdem kann ich sehen, wie sehr sie Ralph vermisst, auch wenn sie fernab der Verwandtschaft ihrer Mutter aufwachsen musste."

„Wusstest du, dass ihr Vater den Kontakt zu den Brennans abgebrochen hat, als ihre Mutter starb?"

Eileen schüttelte den Kopf. „Nein, aber ich weiß, dass etwas zwischen ihnen stand. Ralph hatte nie ein böses Wort über diese Schlange verloren. Doch das Bisschen, das er gelegentlich erwähnte, ließ mich so etwas vermuten. Besonders nicht, da eine Frau, die sich vor Jahrzehnten dazu entschlossen hatte, ihre Großeltern zu ignorieren und keinen Kontakt zu ihnen zu pflegen, ihrem Großvater nicht plötzlich ein Tablet schicken würde, um mit ihm zu videotelefonieren."

„Vermutlich hast du recht." Connor schaute in einen köchelnden Topf. „Verdammt, ich habe dein Essen vermisst. Auf der Bohrinsel gab es zwar gutes Essen, aber das war nicht dasselbe."

Eileens Wangen wurden leicht rosa. Bei ihrem irischen Teint brauchte es nicht viel, sie zum Erröten zu bringen, und ein Kompliment von ihren Jungs war immer ein Garant dafür. Doch Tränen in ihren Augen zu sehen, hatte er nicht erwartet. „Ich bin so froh, dass du wieder zu Hause bist. Wir haben dich vermisst."

Bevor er sie umarmen konnte, drehte sie sich um und rührte die köchelnde Soße um.

„Riecht lecker." Sean Farraday kam gerade aus der Dusche. Es war ein langer Arbeitstag gewesen. Auch wenn Finn immer mehr Verantwortung auf der Ranch übernahm und viele der Entscheidungen traf, war Sean Farraday noch immer der Chef auf der Farraday-Ranch.

Über fünfundzwanzig Jahre der Zuneigung lagen in dem Lächeln und Nicken und Tante Eileen ließ seinen Vater die Soße kosten. Connor fragte sich, wie es wohl wäre, wenn seine Mutter noch am Leben wäre. Irgendwo in seinem Gedächtnis befanden sich immer noch Erinnerungen daran, einmal in die Küche zu kommen und seine Eltern küssend und in einer innigen Umarmung umschlungen vorgefunden zu haben. Nicht, dass ihm damals klar gewesen wäre, wie hitzig diese Situation tatsächlich gewesen war. Doch er verstand, wie sie so schnell hintereinander sieben Kinder bekommen konnten.

„Stell noch zwei weitere Gedecke auf den Tisch", sagte Eileen zu Connor.

Sean betrachtete den für vier Personen gedeckten Eichentisch. Einst saßen dort sieben tobende Kinder, zwei geduldige Eltern und eine Zeit lang auch noch Seans Vater. Connor konnte die Erinnerungen spüren, die vor dem inneren Auge seines Vaters vorbeizogen.

„Erwarten wir Besuch?", fragte er.

„Catherine kommt mit ihrer Tochter", antwortete Eileen.

Connors Vater nickte. „Gut. Gut. Ich bin im Büro, bis sie hier sind."

Eileen legte den Kochlöffel ab und winkte Sean. Dann wandte sie sich wieder dem Herd zu und goss sie die sämige Soße in einen Bräter voller Schinken und Hähnchen.

Es klingelte an der Vordertür.

„Das müssen sie sein. Niemand sonst würde klingeln." Tante Eileen schob das Essen in den Ofen, schloss ihn und wischte sich die Hände an einem Geschirrtuch ab. „Beeilt euch. Sie sollen ja draußen keine Wurzeln schlagen."

Connor verkniff sich ein Grinsen. Er war wirklich froh, zu Hause zu sein. Auch wenn er länger am Stück frei hatte, war er oft in der Nähe der Bohrinsel geblieben und hatte vor Ort Jobs angenommen, um noch mehr Geld sparen zu können. Aber nun nicht mehr.

Die Tür öffnete sich und Catherine stand in einer weiten fliederfarbenen Bluse, einem schlichten schwarzen Rock und spitzen Schuhen, die nichts auf einer Ranch verloren hatten, vor ihm. „Ich wollte mich fürs Essen etwas schick machen."

Ihr süßes Lächeln machte die schlechte Wahl ihrer Schuhe wieder wett und Connor beschloss, dass es nicht angebracht war, ihr zu sagen, dass sie auch eine halbe Stunde zuvor hinreißend ausgesehen hatte. Stattdessen erwiderte er ihr Lächeln und bat die beiden Besucher herein.

Stacey stand eng an ihre Mutter gedrückt und sie musterte Wand und Decke. Als sie Finn die Treppe herunterpoltern hörte, wandte sich ihr Blick in Richtung der Schritte.

„Hallo nochmal", Finn lächelte Catherine an, ein paar Sekunden zu lang für Connors Geschmack – was keinen Sinn ergab. Dann ging Finn in die Hocke, um Stacey zu begrüßen. „Schön, dich wieder zu sehen."

Stacey sagte kein Wort. Außer, dass sie Finn ansah, gab es kein Anzeichen, dass sie auf seine Begrüßung reagierte.

„Sie ist etwas … schüchtern", erklärte Catherine.

„Hmm." Finn richtete sich wieder auf und blickte zu Connor hinüber. Seine Augen stellten die gleiche Frage, wie schon am Abend zuvor. Was war mit der Kleinen los?

„Willkommen in unserem Heim", schallte es aus dem Büro, aus dem Sean Farraday gerade herauskam. Er schenkte der verlorenen Enkelin seines Nachbarn ein freundliches Lächeln. „Ich muss sagen, du bist wirklich groß geworden. Ralph wäre stolz auf dich."

Stacey drückte sich noch näher an ihre Mutter, versteckte sich beinahe hinter ihr.

„Und du, junge Dame, bist so hübsch wie deine Mutter, als sie in deinem Alter war." Sean lächelte das kleine Mädchen fröhlich an.

Durch die netten Worte des älteren Mannes verflüchtigte sich Staceys Angst ein wenig. Vorsichtig löste sie sich von ihrer Mutter, um Sean Farraday genauer zu betrachten.

Sean lächelte nur und wartete, bis das Mädchen mit ihrer Untersuchung fertig war, bevor er sich wieder aufrichtete und alle weiter ins Wohnzimmer führte. „Setzt euch. Kann ich jemanden einen Drink anbieten? Bourbon, Whiskey, Wein?"

Finn schüttelte den Kopf, ebenso wie Connor. Obwohl ein kühler Drink oft das Eis brach, war Alkohol für die Brüder eher etwas, dass man bei einem Abend in der Stadt oder auf einer Feier genoss.

„Ich habe eine schöne Flasche Pinot Grigio im

Kühlschrank." Tante Eileen gesellte sich zu ihnen. „Kann ich dich zu einem Glas überreden?"

„Ähm", Catherine schaute in die Runde. Sean goss sich gerade selbst ein Glas Bourbon ein. „Ja, gerne. Das wäre sehr nett."

Die Getränke serviert, das Essen im Ofen und noch etwas Zeit totzuschlagen, begann das Gespräch. Über das Wetter, das für diese Jahreszeit überraschend mild war. Darüber, dass ein Futterwagen repariert werden musste und dass die Rinder heute Morgen für eine Impfung zusammengetrieben werden mussten: „Dank der extra Hände ging es sehr schnell", sagte Finn, während er seinen älteren Bruder anblickte.

Connor legte seinen Knöchel auf sein Knie. „Es ist schön, hier zu sein, kleiner Bruder."

„Wie viele Brüder gibt es hier?", fragte Catherine.

„Sechs Brüder. Eine Schwester." Eileen nippte an ihrem Wein.

„Oh." Catherine blickte auf die anwesenden Brüder im Raum.

Sean Farraday lachte. „Ja, mehr kann man in gemischter Runde dazu nicht sagen."

Bei dem Kommentar musste Catherine kichern und Connor war froh, dass sie den Scherz so verstanden hatte wie von seinem Vater beabsichtigt. Schon oft musste er feststellen, dass Frauen aus der Stadt oft dachten, die texanische Art, Frauen zu behandeln, wäre eher eine Bürde als ein Segen. Irgendwie wurde simpler Respekt oft als Herabsetzung wahrgenommen – ein guter Grund, warum er vorhatte, die Finger von Frauen aus der Stadt zu lassen.

Eileen rutschte auf ihrem Stuhl vor. „Wie gefällt dir das Haus?"

Sean nahm das Glas von seinen Lippen. „Eileen, sie ist doch erst einen Tag da."

„Und?" Eileen blickte ihren Schwager stirnrunzelnd an. „Ich habe nur ein paar Minuten gebraucht, bis ich wusste, dass ich nie wieder einen Fuß nach Los Angeles setzen wollte.“

„Sie mögen Großstädte nicht?“, fragte Catherine.

„Oh, ich liebe sie. Aber in Los Angeles ist es, als würde man eine Räucherkammer besuchen. Ich musste dort ununterbrochen husten und es wurde erst besser, als ich frische Landluft atmen konnte.“

Catherine lächelte. „Die Luft ist wirklich sehr gut hier.“ Sie blickte zu Stacey, die sich an ihren Stoffhund klammerte. Sie saß auf einem kleinen Stuhl neben ihr und beobachtete die Unterhaltung.

„Du bist aus Chicago, richtig?“, fragte Sean.

„Geboren in Philadelphia, aber die meiste Zeit meines Lebens habe ich in Chicago verbracht.“

„Die windige Stadt.“ Sean lächelte. „Kommt dein Mann auch noch?“

Catherines Augen blitzten überrascht auf. „Ähm, nein. Er ist vor ein paar Jahren verstorben.“

Sean blickte zu dem kleinen Mädchen. „Mein Beileid.“

Die Köpfe der Anwesenden senkten sich, als ein Gefühl der Peinlichkeit sich im Raum breitmachte.

Eileen nahm ein Schälchen mit Nüssen vom Wohnzimmertisch und reichte es Catherine. „Was tust du in Chicago?“

„Ich bin Anwältin in der Kanzlei meines Vaters.“

„Meine Tochter beendet bald ihr Jurastudium an der SMU in Dallas.“ Sean erhob sein Glas in Richtung seines Gastes. Alle im Raum waren sichtlich erleichtert, über das neue Gesprächsthema.

„Wirklich?“, Cathrines Stimme wurde höher. Offenbar hatte die Universität von Dallas auch in Chicago einen guten Ruf. „Und sie will hier in der Gegend arbeiten?“ Der Ton in ihrer Stimme änderte sich zu etwas zwischen Ungläubigkeit und Geringschätzung.

Tante Eileens Miene verfinsterte sich. „Unwahrscheinlich." Was auch immer sie noch anfügen wollte, wurde von dem Quietschen der sich öffnenden Haustür unterbrochen.

Catherine verkrampfte leicht, doch keiner der Anwesenden rührte sich. Das hier war nicht der Ort, an dem Verrückte einfach so in fremde Häuser eindrangen.

„Hey, das Auto draußen kenne ich gar nicht.", ertönte D.J.s Stimme von draußen. „Ich hatte versucht anzurufen, dass ich zum Essen komme, aber keiner –"

In voller Uniform in der Tür stehend, wurden D.J.s Worte von einem herzzerreisenden Aufschrei der kleinen Stacey unterbrochen. Die Kleine sprang auf und lief los, direkt in Connors Arme.

Catherine brauchte einen Moment, um das Geschehene zu verarbeiten. Die Schreie in der Nacht waren längst weniger geworden. Seit dem Unfall war es das erste Mal, dass Stacey im Wachzustand einen Ton von sich gab. Vor sich hinmurmelnd wandte sie ihren Blick von ihrer kleinen Tochter ab, die sich in die Arme des Fremden schmiegte und ihr Gesicht in seine Schulter drückte.

So, wie Connor sie festhielt, sie leise beruhigte und ihren Rücken tätschelte, hätte jeder denken können, sie wären Vater und Tochter.

„Entschuldigung", Catherine blickte zu D.J., „es liegt wohl an der Uniform."

Mit großen Augen ging D.J. einen Schritt zurück und seine Aufmerksamkeit wanderte von dem Mädchen zu seiner Mutter. „Ich … ähm." Er machte einen weiteren Schritt rückwärts.

Tante Eileen sprang auf. „Steh nicht so da. Geh nach nebenan und zieh dir etwas anderes an."

Catherine ging zu ihrer Tochter und nickte Eileen dankend zu. „Stacey ist so schüchtern … und hat etwas Angst vor … Uniformen. Es tut mir wirklich leid."

„Kein Grund dich zu entschuldigen", sagte Sean, der seinen Sohn mit dem Mädchen in seinen Armen betrachtete. Besorgnis stand dem ältesten Farraday deutlich ins Gesicht geschrieben.

„Liebling." Catherine strich eine Locke ihrer Tochter hinter deren Ohr. Dann zog sie Stacey aus Connors Armen, hob sie hoch und schloss sie in ihre. „Schon gut. Nichts passiert."

Sie bemerkte die neugierigen Blicke, die Mr. Farraday und seine Söhne austauschten. Sie wollte die Veränderungen, die Stacey und sie durchgemacht hatten nicht erörtern. Das Schluchzen ihrer Tochter erschütterte Catherine. Was würde sie dafür geben, den Schmerz ihrer Tochter lindern zu können. Die Zeit zurückdrehen zu können. Die Arbeit früher zu verlassen. Stacey selbst vom Kindergarten abzuholen, anstatt sie von David holen zu lassen.

Tante Eileen näherte sich dem Wirrwarr. „Wir haben zwar noch nicht gegessen, aber ich glaube ein kleiner Vorgeschmack auf den Nachtisch wäre jetzt genau das Richtige."

Staceys Gesicht war noch immer in die Schulter ihrer Mutter vergraben.

„Apfelkuchen?", sagte Tante Eileen.

Stacey rührte sich nicht.

„Mit Vanilleeis?" Tante Eileen kam etwas näher.

„Das ist deine Lieblingssorte", fügte Catherine hinzu.

Stacey hob den Kopf und sah, wie die ältere Frau mit einem Lächeln sich ihr näherte.

„Vielleicht möchtest du auch noch etwas

Schokosoße darüber?", sagte Eileen

Die Schokosoße war der Schlüssel. Stacey hob den Kopf und atmete tief ein und ein letztes Glucksen ertönte, bevor sie an ihrer Mutter hinunterrutschte. Doch anstatt Tante Eileen zu folgen, wie Catherine erwartet hatte, streckte Stacey ihre Hand nach Connor aus.

Connors Miene spiegelte die Überraschung wider, die Catherine verspürte. Langsam legte er seine Hand um die von Stacey und ging mit ihr in die Küche.

Während Eileen den beiden folgte, machte Sean Farraday keine Anstalten, sich zu bewegen. Die Stirn besorgt in Falten gelegt, wandte er sich Catherine zu. Sie konnte in seinen Augen sehen, wie er versuchte, die Situation zu verarbeiten und seine Gedanken zu sortieren.

Er lehnte sich zurück. „Es geht mich vermutlich nichts an, was deiner Tochter fehlt, aber ich schulde deinem Großvater eine Menge. Er war ein guter Mann, ein guter Nachbar und ein guter Freund, als ich mich ziemlich allein auf der Welt fühlte." Zu Catherines Erleichterung entspannten sich seine Schultern. „Möchtest du mir erzählen, was das gerade war?"

Catherine schüttelte den Kopf.

„Gut." Er betrachtete sie noch einen Moment, dann erweichte sich sein Blick. „Du musst uns nichts erklären, wenn du das nicht möchtest. Aber du sollst wissen, dass du, wenn du etwas brauchst, egal was, auf jeden einzelnen der Farradays zählen kannst."

Die meisten Männer in ihrem Leben hätten ihr die Meinung gesagt und erwartet, dass sie tat, was von ihr erwartet wurde. Nicht so Sean Farraday. Der Mann stand vor ihr und wartete auf eine Antwort. Doch zu mehr als einem Nicken war sie in dem Moment nicht im Stande. Hätte er ihr gerade gesagt, dass sie sich zusammenreißen und weitermachen sollte, hätte sie vielleicht die richtigen Worte parat gehabt. Doch auf solch eine sanfte Stärke hatte sie keine Antwort. Sie fragte sich, was für ein Mensch aus ihr geworden wäre, wäre sie in der Welt ihrer Großeltern aufgewachsen, oder hätte sie einen Mann wie Sean Farraday zum Vater gehabt?

KAPITEL ACHT

Vielleicht war das alles nur ein Traum, oder vielleicht war Connor nur in ein verdammtes Kaninchenloch gefallen, wie in Alice im Wunderland. Vor zwei Wochen noch hatte er auf einer Ölplattform gearbeitet und eine sechsstellige Summe im Jahr gespart und war kurz davor gewesen einen Kaufvertrag für ein Stück Land abzuschließen, auf dem er sein eigenes Gestüt aufbauen konnte. Nirgends in diesem Plan war etwas davon gestanden, dass ihm ein kleines verunsichertes Mädchen das Herz stehlen würde.

„Schmeckt es?", fragte Tante Eileen.

Mit von Eis und Schokosoße verschmierten Lippenblinzelte Stacey zu Eileen hinauf. Kein Nicken, oder auch nur ein Lächeln. Und doch irgendwie war jedem Erwachsenen im Raum war klar, dass es eine positive Reaktion war.

Tante Eileen holte das Abendessen aus dem Ofen, stellte es beiseite und blickte zu Connor. „Sieh mal nach, wo dein Vater und deine Brüder bleiben. Wir können gleich mit dem Essen anfangen."

„Kann ich helfen?", fragte Catherine.

„Ich habe einen Krug Eistee im Kühlschrank. Den könntest du holen."

Catherine erhob sich, und auch Connor tat, worum ihn seine Tante gebeten hatte. D.J. saß im Büro seines Vaters am Computer. Finn und sein Vater standen links und rechts neben ihm und lehnten sich über seine Schultern.

„Mit wem auch immer ihr plaudert, wünsch ihr eine angenehme Nacht. Essen ist angerichtet."

„Es geht es um keine Sie", D.J. blickte vom Bildschirm auf. „Also, eigentlich doch, aber nicht so, wie du denkst."

Der Ausdruck auf dem Gesicht seines Bruders ließ ihn innehalten.

D.J. zeigte auf den Bildschirm. „Es gibt einen Unterschied zwischen schüchtern und dem, wie Stacey sich verhält. Ich dachte, ich sehe mal nach, was ich über die Hammonds herausfinden kann."

„Typisch Polizist." Connor saugte einen tiefen Atemzug ein und ging zu ihnen hinüber. „Viele Kinder fürchten sich vor Uniformen."

„Nicht so", merkte sein Vater an.

Staceys Reaktion hatte ihn verunsichert. „Ich dachte, du darfst die Polizeidatenbanken nicht für private Zwecke nutzen?"

D.J. blickte Connor finster an. „Google."

Connor drückte sich zwischen seine beiden Brüder und überflog die Informationen auf dem Bildschirm. Einige Artikel über Catherine, die Kanzlei ihres Vaters und einem David P. Hammond Jr., den Sohn des Geschäftspartners ihres Vaters und Catherines Ehemann. Beim Weiterklicken erschien ein Zeitungsartikel über den Autounfall, bei dem der Mann verunglückt war. Connor nahm die Maus und scrollte weiter. Das um einen Baum gewickelte Auto versprach wenig Hoffnung auf Überlebende. Was von der Fahrerseite übrig war, schien auf die Beifahrerseite gedrückt worden zu sein. Weiter unten fand er ein Foto vom Unfallfahrzeug, dass jeden Betrachter erschaudern ließ. Ein Polizist war darauf zu sehen, der ein kleines Kind festhielt. Stacey, mit ausgestreckten Armen und verstörtem Gesichtsausdruck. Ähnlich wie heute Abend, schien sie sich die Seele aus dem Leib zu schreien.

„Heilige Scheiße …“, murmelte Connor. „Kein Wunder, dass sie ausgerastet ist, als sie dich gesehen hat. Der dunkle Flur, beige Hose, dunkles Hemd, glänzende Polizeimarke und die ähnliche Statur. Du hast für sie wie der arme Kerl ausgesehen, der damals nur versuchte, seinen Job zu erledigen.“

„Also war Stacey mit ihrem Vater allein in dem Auto.“ D.J. biss die Zähne zusammen und schluckte. „Wie man es dreht und wendet, ein Ersthelfer zu sein ist manchmal echt scheiße.“

In einem anderen Artikel war ein anderes Foto abgedruckt. Es musste kurze Zeit später aufgenommen worden sein. Darauf war Stacey auf dem Arm eines Rettungssanitäters zu sehen und wirkte ruhiger, während sie sich an ihren Stoffhund klammert. „Meint ihr Stacey war schon immer so zurückgezogen, oder erst seit dem Unfall?“

D.J.s Kiefermuskulatur verkrampfte sich, bevor er sprach. „Ich bin kein Psychologe, aber anhand der Reaktion auf meine Uniform würde ich sagen, sie leidet an einer posttraumatischen Belastungsstörung.“

„Ich wusste nicht, dass es so etwas überhaupt gibt.“ Finn ging einen Schritt zurück.

„Wann war das …?“ Connor suchte mit den Augen den Bildschirm ab.

„Vor knapp zwei Jahren“, merkte D.J. an.

„Typisch Männer.“ Tante Eileen erschien in der Tür. „Ich wette, das liegt an den Genen. Wenn ihr eine Höhle hättet, würdet ihr wohl auch den ganzen Winter darin verbringen. Das Essen steht auf dem Tisch.“ Sie blieb noch einen Moment stehen und musterte die Gesichter der Männer, dann zog sie eine Augenbraue hoch, neigte ihr Kinn und klatschte dann in die Hände. „Das kann warten. Essen wird kalt.“

Das Essen war nicht das Einzige, das kalt war. Connor gefror das Blut in seinen Adern.

„Was hast du nach der Beerdigung deines Großvaters vor?", fragte Tante Eileen, während sie sich den letzten Bissen ihres Apfelkuchens in den Mund schob.

„Ehrlich gesagt weiß ich es noch nicht. Weiter als bis zu dem Begräbnis habe ich nicht geplant." Catherine hielt ihre leere Teetasse mit beiden Händen fest.

Solange Connor denken konnte, war es fast etwas Heiliges, um den Esstisch versammelt zu sein. Erst wenn der letzte seinen Teller geleert hatte, durfte man den Tisch verlassen. Doch an diesem Abend kam es ihm vor, als hatte Tante Eileen die Queen von England gespielt und absichtlich langsam gegessen, um alle hier festzuhalten.

„Ich wollte mich im Haus umsehen", fuhr Catherine fort. „Ich habe wohl gehofft, vielleicht ein paar Dinge von meiner Mutter zu finden."

Mit erhobener Gabel blickte Eileen in Catherines Augen. „Liebes, warst du schon in den Zimmern im Obergeschoss?"

Catherine schüttelte den Kopf. „Nicht in allen. Wir benutzen das Gästezimmer neben der Küche. Ich hatte mich bisher nur auf Großvaters Büro konzentriert. Um einen Überblick über seine geschäftlichen Angelegenheiten zu bekommen. Jedes Mal, wenn ich nach oben gehen wollte, hat etwas anderes nach meiner Aufmerksamkeit verlangt."

Alle Augen am Tisch drehten sich zu Catherine. Zum Glück schien ihr das Interesse, das sie geweckt hatte, als sie Ralphs Anwesen erwähnt hatte, nicht aufzufallen.

„Nun, wenn du mehr über deine Mutter erfahren möchtest, schlage ich vor, du erkundest das Obergeschoss. Letztes Zimmer auf der linken Seite."

Catherine lächelte. „Wirklich?"

„Wirklich." Tante Eileen erwiderte das Lächeln und erhob sich, um die leeren Kuchenteller einzusammeln. „Es ist ein schöner Abend. Connor, warum zeigst du Catherine und Stacey nicht die umliegenden Gebäude? Stacey möchte bestimmt gerne die Fohlen sehen."

„Oh, das ist nicht nötig", Catherine rutschte etwas vom Tisch weg. „Es wird schon spät."

„Ach was." Eileen schüttelte den Kopf und blickte zu ihrem Schwager hinüber.

„Eileen hat Recht", sagte Sean. „Hier hat sich viel getan, seit du das letzte Mal hier warst."

„Da bin ich mir sicher, aber ich –"

„Dann schnell", sagte Eileen und zeigte mit dem Daumen über ihre Schulter. „Deine Tochter hat schon einen leichten Vorsprung."

Die Hintertür stand weit offen und Staceys Locken und das bunte Kleid waren noch kurz zu sehen, bevor die Holztür im nächsten Moment mit einem lauten Knall zufiel.

„Stacey!", rief Catherine und stürmte durch die große Küche.

Da Connor wusste, dass Catherine sich auf einer Ranch nicht gerade wohlfühlte, besonders bei all den Tieren, sprang er von seinem Stuhl auf. Beim Anblick von Finns selbstzufriedenen Lächeln hielt er inne. „Was ist so lustig?"

„Nur ein Déjà-vu, Bruderherz." Finn schüttelte den Kopf. „Nur ein kleines Déjà-vu."

Eileen presste die Lippen zusammen, gab ihrem jüngsten Neffen einen Klaps auf die Schulter und wandte sich an Connor. „Lass gut sein. Lauf ihnen nach."

„Genau Bruder", Finns Grinsen wurde breiter. „Lauf ihnen nach."

Schon fast draußen hörte Connor seine Tante schimpfen: „Wo sind deine Manieren?"

„Stacey, Liebling. Warte auf Mami." Warum in aller Welt hatte Catherine sich fürs Essen so rausgeputzt? Einer fünfjährigen in Stöckelschuhen hinterher zu laufen war kein Spaß. Auf diesem unebenen Terrain war ein verstauchter Knöchel praktisch vorprogrammiert. Für ein so kleines Kind war Stacey ganz schön schnell unterwegs und hatte schon die Hälfte des Weges zur Scheune zurückgelegt.

„Ich hole sie." Connor sauste an ihr vorbei, gerade als Stacey durch das offene Scheunentor lief.

„Oh nein. Die Tiere." Catherine zog ihren Rock hoch und versuchte, aufzuschließen.

Seit dem Autounfall zog sich ihr einst so quirliges Mädchen zu leicht in ihre eigene Welt zurück. Außer Atem und in Panik war Catherine bereit ihre Tochter aus den Klauen der großen, bösen Tiere zu befreien. Doch da war nur kein großes, böses irgendwas. Stacey war an allen Boxen vorbei und schnurstracks zu Pharaoh gelaufen.

Connor kauerte mit einem breiten Lächeln neben Stacey. Die obere Hälfte der Boxentür war offen und Pharaohs Kopf schaute heraus. Die Lippen des Pferdes bewegten sich und Catherines erster Gedanke war, dass es ihre arglose Tochter beißen könnte. Doch bevor sie einen Warnschrei ausstoßen konnte, hatte ihr Kopf die Situation vor ihr verarbeitet und sie erkannte, dass Stacey kicherte. Nicht nur Augenkontakt. Nicht nur ein Lächeln, ihre neueste Angewohnheit, seit sie hier in

West-Texas angekommen waren. Nein, ein ausgewachsenes Kichern. Das süße, verrückte Kichern eines kleinen Mädchens. „Oh mein Gott."

Connor sprang auf. „Schon gut." Er hob die Hand. „Es geht ihr gut."

Jeder Idiot konnte das sehen. „Ich mag Pferde nicht", murmelte sie. *Sie sind gefährlich.*

„Ich erinnere mich." Connor kam etwas näher.

„Ach wirklich?" Sie war sich sicher, dass keiner der Brüder sich an sie erinnern konnte. Keiner hatte eine Andeutung gemacht, die etwas Gegenteiliges vermuten ließ. Mit Ausnahme von Mr. Farraday. Und warum fühlte sie sich so ruhig und geborgen, zu wissen, dass sich einer von ihnen an sie erinnerte?

„Ja, das tue ich." Er nickte. „Du wolltest nie mit uns Kindern spielen."

„Doch, wollte ich." Wirklich. Nur wollten die Jungs immer nur gefährliche Dinge tun, wie auf Ponys zu reiten oder Kälbern bunte Schleifen an die Schwänze zu binden. Echten, brüllenden und tretenden Kälbern.

Connor zuckte die Achseln. „Ich kann mich leider nur daran erinnern, wie du immer ängstlich nach Hause gelaufen bist."

„Aha." Wahrscheinlich hatte er Recht. Das letzte Mal, als sie mit ihrer Mutter hier gewesen war, war sie vermutlich nicht viel älter als Stacey gewesen. Und diese Pferde hatten so riesig ausgesehen. Ganz zu schweigen von den Rindern. „Dein Vater hat mich angeschrien."

„Wirklich?" Eine dunkle Augenbraue hob sich über seinen tiefblauen Augen.

„Ihr Jungs wart bei den Kühen. Ich hatte nichts zu tun, also brachten meine Oma und meine Mutter mich zum Spielen rüber. Ich dachte, wir würden Verstecken spielen, oder etwas in der Art. Irgendwie wusste ich nicht wo ich hingehen sollte und das Nächste, woran ich mich erinnern kann ist, wie dein Vater mich hochhob und anschrie, als ihm diese große, schwarze Kuh auf den Fuß trat. Er versuchte, es nicht zu zeigen, aber ich bin mir sicher, dass das Tier ihn verletzt hatte."

Connor nickte. „Gebrochenes Bein. Eine mehrere hundert Pfund schwere Färse schafft das mit links."

„Dein Vater hat es heruntergespielt und gesagt, sein Pferd hatte ihn schon schlimmer getreten." Sie schüttelte den Kopf. Monatelang hatte sie Albträume von Kühen und Pferden, die sie niedertrampelten. „Und mein Großvater verstand nicht, warum ich die Tiere nicht leiden kann."

„Du bist nicht auf einer Ranch aufgewachsen. Ich bin sicher, man hat dir eine leichte Aufgabe gegeben."

„Das Tor aufhalten", murmelte sie. Aber sie war neugierig geworden und näher herangegangen.

Connor nickte. „Aber ich denke, Dad hat besonders gut auf dich aufgepasst. Adam vermutlich auch."

„Vielleicht. Ich will nicht …" Catherine zeigte zu der nun leeren Stelle, wo eben noch ihre Tochter gestanden war. „Oh mein Gott. Sie muss das Tor geöffnet haben." Ihr Herz schlug bis in ihre Kehle hinauf, da die Erinnerung, fast von einem riesigen Tier zertrampelt zu werden, immer noch frisch war. Catherines Füße liefen los, bevor ihr Verstand die Schrecken verarbeiten konnte, die sie vorfinden würde.

Eine starke Hand hielt sie zurück. „Langsam. Wenn du so drauf losstürmst, erschreckst du die anderen Tiere nur."

„Oder Pharaoh."

Connor schüttelte den Kopf. „Nein. Wenn Stacey im Stall ist, wird er sich nicht vom Fleck bewegen. Ich habe ihn trainiert. Er ist sehr sanftmütig." Die Hand noch immer an ihrem Arm, führte Connor sie durch die Scheune zur nächsten Box.

Sie bewegte sich langsam vorwärts und nahm all ihren Mut zusammen, um nachzusehen. Dass sie ihre Tochter nicht vor Angst oder Schmerzen aufschreien gehört hatte, war das Einzige, was sie davon abhielt, zu ihrem Baby zu stürmen.

Einen Schritt vor ihr löste Connor seinen Griff und blieb stehen. Er drehte sich zur Box und ein breites Grinsen erfüllte sein Gesicht. „Sag ich doch!"

Catherine blickte in den umzäunten Bereich und ihr viel buchstäblich die Kinnlade herunter. „Sollte sie das tun?"

Conner zuckte gleichgültig die Achseln. „Ich habe noch kein Viehpferd getroffen, das nicht gerne gebürstet wird."

„Viehpferd?"

„Ein Pferd, das darauf trainiert wurde, mit Rindern zu arbeiten. Wenn wir abspringen, um uns um eine Kuh oder ein Kalb zu kümmern, wird sie sich nicht vom Fleck bewegen. Wenn wir Rinder einfangen und mehr Spannung auf dem Lasso brauchen, dann tut ein Viehpferd genau das, was benötigt wird."

„Oh, aber Stacey …"

„Schon gut." Er nickte, den Blick die ganze Zeit auf Stacey gerichtet. „Stell dich nie hinter das Pferd. Okay?", sagte er sanft.

Das kleine Mädchen nickte. Gerade nicht einmal halb so groß wie das Pferd, streckte sich Stacey so hoch sie konnte und bürstete das Pferd vorsichtig mit beiden Händen.

Die Szene war für Catherine sowohl beängstigend als auch verblüffend. Jede Faser ihres Körpers wollte ihre kleine Tochter in Sicherheit bringen, doch ihre Tochter wirkte zufrieden. Und das Pferd … kooperierte. „Er wirkt so sanftmütig."

„Pharaoh ist ein tolles Pferd. Gute Viehpferde sind ihr Gewicht in Gold wert. Sie sollte mal Ginger sehen.

Sie gehört zum Grundstock für meine Zucht."

„Zucht?"

Er neigte den Kopf. „Für die Capaill Stables. Ich werde die besten Quarter Horses im Land züchten und trainieren."

Sie blickte wieder zu ihrer Tochter, um sicherzugehen, dass sie das Pferd nicht beunruhigte. Dann wandte sie sich, weil sie noch immer nicht wusste, wie sie die Situation einschätzen sollte, wieder zu Connor. „Klingt, als hättest du Großes vor."

„Eigentlich nicht. Ich habe Pferde schon immer geliebt. Die Marines waren nichts für mich. Ich habe jahrelang dafür gearbeitet, meinen eigenen Stall zu gründen. Mir eigene Zuchtpferde anzuschaffen, war erst der Anfang. Tatsächlich –"

„Ich dachte, du bewirtschaftest mit deinen Brüdern die Ranch."

„Wir arbeiten alle von Zeit zu Zeit hier. Aber Vater und Finn sind die einzigen wirklichen Rancher. Adam, den du gestern getroffen hast, ist Tierarzt. D.J. ist der Polizeichef. Brooks, den du noch nicht gesehen hast, ist Arzt. Ethan ist als Helikopterpilot bei den Marines und gerade im Auslandseinsatz, weswegen wir ihn nicht oft zu Gesicht bekommen. Und Grace studiert Jura, wie du bereits erfahren hast."

„Ja." Catherine blickte wieder zu ihrer Tochter. Sie war sich beinahe sicher, dass das Pferd dabei war, einzuschlafen. Sie schaute sich um und fand nichts, dass nach Pflegeprodukten für Pferde aussah. „Wo hat sie die Bürste gefunden?"

Er deutete mit dem Finger zur Nebentür und war genauso überrascht, wie Catherine. „Den muss sie aus der Sattelkammer geholt haben."

„Macht sie das denn richtig?"

Er nickte. „Zumindest nicht schlecht."

„Woher weiß sie, wie man das macht?"

Seine hinreißenden blauen Augen funkelten. „Deine Tochter hat Brennan-Gene in sich. Ob du willst oder nicht, Stacey ist ein Naturtalent, wenn es um Pferde geht."

Ein leises Geräusch erreichte ihre Ohren. „Sie summt."

„Sie ist glücklich", sagte er mit einer Selbstverständlichkeit, die nur jemand besitzen konnte, der nicht wusste, was das für eine Mutter bedeutete, die seit jenem schrecklichen Tag die Stimme ihres Kindes höchstens des Nachts hörte, wenn Stacey vor Angst schrie.

„Ja. Ja, das ist sie." Und was sollte Catherine jetzt deswegen unternehmen?

KAPITEL NEUN

Die einzige Möglichkeit, wie Connor und Catherine Stacey aus der Scheune bekommen konnten, war es, ihr zu versprechen, dass sie jederzeit wieder zu Besuch kommen durfte. Einen Augenblick lang hatte Connor die Gelegenheit gesehen, über den Kauf des Brennan-Anwesens zu sprechen. Doch die Unterhaltung hatte eine andere Richtung eingeschlagen und er wollte nicht mit der Tür ins Haus fallen. Das Letzte, was er wollte war, dass Catherine denken könnte, sein Interesse an Stacey rührte nur vom Interesse an ihrem Land her.

Jedes Mal, wenn Connor die fröhlich mit Pharaoh spielende Stacey betrachtete, erschien dieser furchtbare Zeitungsartikel wieder vor seinem geistigen Auge. Das Foto, auf dem sie sich die Seele aus dem Leib heulte. Wenn der Gedanke daran bereits ihm einen Stich in die Brust versetzte, konnte er nur erahnen, wie Catherine sich dabei fühlen musste? Aufgrund all ihrer überfürsorglichen Reaktion heute Abend, konnte er sich keinen Grund vorstellen, warum Catherine mit ihrer Tochter in dieser Gegend des Landes bleiben wollen könnte. Warum sie einem Verkauf der Ranch nicht zustimmen könnte. Und warum nicht an ihn, wenn er die Finanzierung mit der Bank geregelt hatte.

Nachdem die beiden nach Hause aufgebrochen waren, gingen Finn und Tante Eileen früh zu Bett. Connor ging noch einmal in den Stall und brachte

Pharaoh und auch Ginger einen frischen Apfel. An einem normalen, ruhigen Abend wären seine Gedanken nur damit beschäftigt gewesen, Pläne für die Capaill Stabes zu schmieden. Eine Hommage an seine irische Herkunft. Um einen Namen zu finden, hatte er schon viele Gespräche geführt, Ideen gefunden und wieder verworfen, bis eines Tages Finn sagte *nenn es einfach Pferdeställe*. Tante Eileens Lippen hatten sich zu einem Lächeln gekräuselt. *Capall* sagte sie. Und sein Vater hatte den Kopf geschüttelt und gesagt, *nicht nur eines, viele. Capaill.* So war die Entscheidung über einen passenden Namen gefallen. Seit jenem Abend war er jede ruhige Nacht damit beschäftigt, den perfekte Grundriss für die Capaill Stables auszutüfteln. Als die Idee Fuß fing, die Nachbarranch zu kaufen, fiel ihm schnell ein, wie man diese auf den neuesten Stand bringen und erweitern konnte. Wo Koppel, Arena, Heuschuppen, selbst Misthaufen und Mistgabel stehen sollten.

Die meisten hätten wohl mit dem Wohnhaus begonnen. Die paar Mal, in denen er einen Fuß hineingesetzt hatte, hatte sich Connor immer wie in einem siebziger Jahre Film gefühlt. Fürs erste war das für ihn in Ordnung. Es ging einzig und allein um die Pferde. Die Capaill Stables sollten der beste Pferdezuchtbetrieb in ganz Texas werden.

Sein Traum war zum Greifen nah und er konnte die Begeisterung in jedem seiner Knochen spüren. Doch in dieser Nacht, selbst bei seinen besten vierbeinigen Freunden, kreisten seine Gedanken nicht um Anhänger, Traktoren und Futter, sondern um Catherine. Jedes Mal, wenn Angst und Schrecken in ihren Augen aufblitzten, wollte er sie in die Arme schließen und sie von ihren Sorgen befreien. Selbst, wenn ihre Augen beim Anblick ihrer Tochter deren neuem Freund vor Freude leuchteten, wollte er Catherine zu sich ziehen und diese Freude mit ihr teilen. Was beides keine gute Idee war.

Diese Frau hatte die letzten Jahre schon genug durchgemacht. Das Letzte, was sie brauchte war einer wie er, der ihr ans Höschen wollte. Mehr war da nicht, nur ein Höhlenmensch, der beschützen und besitzen wollte. Er durfte sich nicht einreden, dass mehr dahintersteckte. Sie beide waren wie Öl und Wasser.

Noch länger nachzudenken, würde ihn nicht weiterbringen. Morgen würde der Wecker wieder früh klingeln. Trotzdem wanderte sein Blick auf dem Weg zurück zum Haus nach links zum Grund der Brennans. Nicht, dass er das Haus oder irgendein Zeichen von Leben darin sehen konnte. Dennoch blickte er hinüber und erinnerte sich selbst noch einmal daran, dass Catherine und er nicht zusammenpassten, so wie Öl und Wasser.

Er setzte sich in die Ecke des Sofas, legte seine Hände auf die Knie und atmete entnervt aus. „Sie hat sich vor den Kühen erschreckt.“

„Ich weiß.“ In seinem gemütlichen Ledersessel sitzend, schloss Sean Farraday sein Buch und nahm seine Lesebrille ab. „Sie ist in den Pferch gekrochen, gerade als Adam das Tor öffnete, um die Kühe hinein zu lassen.“

„So hast du dir den gebrochen.“

Sein Vater zuckte die Achseln. „Nicht das erste Mal, dass eines dieser Viecher stärker war als einer von uns.“

„Mm“, stimmte Connor zu. Im Laufe der Jahre hatten sie alle sich die ein oder andere Verletzung zugezogen. Nichts lebensgefährliches, doch sie alle hatten ihre Lektion fürs nächste Mal gelernt.

Sein Vater studierte seinen Sohn solange, dass Connor sich fragte, worüber der Mann nachdachte. Was wollte er ihm sagen? Es war lange her, seit die beiden das letzte Mal Zeit allein verbracht hatten. In einem Haus mit sieben Kindern waren Frieden und Stille eine kostbare Seltenheit.

„Sie ist hübsch, nicht wahr?" Seans Worte unterbrachen Connors Gedanken. „Catherine?", erkundigte er sich.

„Für ein Stadtmädchen." Ja, sie war ein Stadtmädchen. Keine Frau vom Lande würde in ihrem Outfit zum Essen auftauchen. *Öl und Wasser.* Nicht, dass etwas falsch daran wäre, sich gelegentlich schick zu machen …

„Das mit dem Mädchen hast du gestern gut gemacht", fügte sein Vater an.

Connor zuckte die Achseln. „Ich war ganz schön überrascht, als Stacey plötzlich in meine Arme gelaufen kam, aber ein paar nette Worte und eine sanfte Berührung funktionieren wohl bei einem weiblichen Wesen genauso gut wie bei einem Fohlen."

„Das tun sie." Sean nickte.

„Ich hatte gehofft, das hier zu finden." Tante Eileen kam die Treppe mit voll beladenen Armen herunter. „Ich bin nicht sicher, welche Größe Stacey trägt, aber eines davon sollte ihr passen."

Sean Farraday blickte seine Schwägerin mit hoch gezogenen Augenbrauen an. „Was suchst du zu solch einer unchristlichen Uhrzeit im Dachboden?"

„Es ist erst acht Uhr. Das ist nicht spät für normale Leute."

„Hier sind Rancher normale Leute und acht Uhr ist keine Uhrzeit, um auf dem Dachboden herum zu stöbern."

„Ich wollte für Stacey etwas Passenderes als diese Sneakers finden, wenn sie das nächste Mal die Pferde besucht. Ich wette, sie würde gerne mal eines der Ponys reiten."

Tante Eileen hatte Recht. Stacey würde es sicher

gefallen auf einem der Pferde zu sitzen. Ihrer Mutter hingegen würde es wahrscheinlich lieber sehen, wenn ihre Tochter die Pferde aus sicherer Entfernung betrachtete.

„Warum bringst du die hier morgen nach dem Frühstück nicht rüber?", Eileen drückte Connor die Stiefel in die Hand.

Nach dem Frühstück hätte er bereits ein paar Stunden Arbeit hinter sich und würde vermutlich auch danach riechen. „Vielleicht solltest du das machen."

Eileen musste nichts sagen. Ihre steinerne Miene machte klar, dass ihr Vorschlag keine Bitte war.

„Oder ich mache es." Connor nahm die Stiefel an sich.

Sofort erstrahlte das Gesicht seiner Tante mit einem Lächeln „Gute Idee."

Tatsächlich war die Idee seiner Tante nicht schlecht. Die Stiefel seiner Schwester Grace vorbeizubringen war eine gute Gelegenheit, etwas länger mit Catherine über ihre Pläne bezüglich des Grundstücks zu sprechen. Auch wenn er noch keine Bestätigung der Bank hatte, könnte er sich doch zumindest schon einmal bezüglich der Ranch erkundigen. Dem zukünftigen Sitz der Capaill Stables, Eigentümer Connor Farraday.

„Daddy, ich möchte nicht schon wieder darüber sprechen." Catherine kniff sich in den Nasenrücken und blickte zur Decke des Wohnzimmers hinauf.

„Man gibt keinen so wichtigen Fall an einen neuen Anwalt ab und verschwindet auf einen törichten Ausflug ins Niemandsland", entgegnete ihr Vater laut.

„Es ist Großvaters Beerdigung. Und Connie ist

besser, als du denkst. Sie ist hungrig und klug – eine tödliche Kombination." Nicht, dass die meisten Männer in der Firma das bemerken würden. Besonders nicht ihr Vater. Der einzige Grund, warum Catherines Geschlecht von ihm und den anderen in der Kanzlei übersehen wurde, war, dass William Everett Baxter keinen Sohn hatte. „Teile ihr noch Ted Collins zu. Er wird es hassen. Aber wenn es von dir kommt, wird er es machen."

Ihr Vater seufzte tief. „Der Klient will nicht Connie oder Ted. Er will dich."

Catherine kam nicht zu Wort.

„Ich brauch dich hier. So schnell wie möglich. Hör auf, Zeit in der Wildnis zu vertrödeln."

Sie überlegte, was sie antworten sollte, und blickte aus dem Fenster in die endlose Dunkelheit. Keine Straßenlaternen. Keine Neonbeleuchtung. Keine hupenden Autos. „Stacey scheint es hier zu gefallen."

„Ihr gefällt es überall, wo du sie hinbringst. Sie ist vier."

„Fünf."

„Dann eben fünf. Connie und Susan bereiten alles für die eidesstattliche Aussage vor. Ich sage dem Klienten, du wirst übermorgen hier –"

„Die Beerdigung findet Sonntag statt, damit die Rancher daran teilnehmen können."

„Catherine –"

„Sontag, Daddy."

„Also gut. Ich sage ihnen du wirst sie Montag treffen –"

„Ich schaffe es unmöglich bis –"

„Dienstagmorgen. Das ist mehr als genug Zeit, um zu regeln, was auch immer du da regeln willst und wieder zurückzukommen, wo du hingehörst. Wo du immer hingehört hast."

„Ja, Daddy."

„Gute Nacht. Ich sehe dich am Dienstag."

„Dienstag." Der Anruf endete und Catherine gab ihr Bestes, die Wut in ihrem Bauch zu unterdrücken. Sie hätte nicht ans Telefon gehen sollen. Was hatte sie erwartet? Dass ihr Vater sich verständnisvoll mit ihr unterhielt, so wie Sean Farraday? Sie fragte, wie es ihr nach dem Verlust eines alten Mannes, den sie kaum gekannt hatte, ging. Wie sie das Haus fand, das sie seit ihrer Kindheit nicht mehr gesehen hatte? Die Nachbarn? Den Cowboy, der angestürmt kam, um Stacey vor einem wilden Tier zu beschützen. Den gleichen Mann, der ihre verängstigte Tochter liebevoll in seinen Armen beruhigt hatte. Den Mann, der sich seine Träume verwirklichen wollte. Der …

Catherine zog die Reißleine. Sie sollte nicht über Connor Farraday nachdenken. Nicht so. Nicht jetzt. Er war ein gutaussehender, netter Kerl. Männer wie ihn gab es in dieser Gegend wahrscheinlich wie Sand am Meer. Allein im Farraday-Haus schien es ein Überangebot an netten Männern zu geben. Sie hatte schon ein paar von ihnen kennen gelernt, aber D.J. und Adam waren nicht die Art Männer, die sich in nur zwei Tagen in ihren Gedanken breitgemacht hatten.

Sie war nicht hergekommen, um einen Mann kennenzulernen. Sie suchte keinen Mann. Sie brauchte keinen Mann. Doch all ihre Instinkte sagten ihr, dass Connor Farraday kein gewöhnlicher Mann war.

„Staceys Mutter wird sie allerhöchstens den Tieren zuwinken lassen und das weißt du." Sean Farraday stand auf. „Was auch immer du vorhast, vergiss es. Sie ist ein Neuankömmling, der nicht hierbleiben wird."

„Habe ich ein Wort darüber verloren?" Noch vor

ein paar Monaten hätte Eileen dem Mann ihrer verstorbenen Schwester zugestimmt, doch nachdem sich zwei Mädchen aus der Stadt in ihre Neffen verliebt hatten und hergezogen waren, war sie nicht mehr so skeptisch wie Sean.

„Das musst du auch gar nicht." Sean ging zu seiner Schwägerin hinüber, stellte sich neben sie und legte ihr eine Hand auf die Schulter. Eine gewohnte Geste. Eine, die er schon über zwanzig Jahre lang benutzte, wenn er seine Unterstützung oder Sorge zeigen wollte. „Ich möchte auch, dass die Jungs glücklich sind, aber nicht jede Frau, die in die Stadt kommt, ist dafür vorbestimmt, eine Farraday zu werden."

„Das weiß ich." Ja, das tat sie, doch sie hatte Connor oft genug mit Frauen und Kindern erlebt, um zu wissen, dass sein Umgang mit Stacey keine gewöhnliche Reaktion eines Erwachsenen auf ein Kind war. Die Art, wie er ihre Mama anstarrte, wenn er dachte, dass es keinem auffallen würde, war nicht dieselbe, wie er seine kleine Schwester oder seine Lieblingstante ansah. Es funkte zwischen den beiden, ob sie es wussten oder nicht. Alles, was sie brauchten, war etwas mehr Zeit. „Ich frage mich, ob Catherine Poker spielt?"

KAPITEL ZEHN

Normalerweise würde Conner nicht mitten am Vormittag duschen. Das kam für gewöhnlich erst am Ende seines Arbeitstages. Aber nach drei Stunden mit Pferden und einer Rinderherde konnte er einfach nicht ungeduscht an Catherines Tür klopfen.

Er parkte die alte Ruby in der Einfahrt, warf seinen Hut auf den Beifahrersitz und schnappte sich die Tasche mit den Kinderstiefeln seiner Schwester. Bis er heute zum Frühstück kam hatte seine Tante Eileen noch einige weitere Paare ausgegraben. Er hatte sich vorgenommen, sollte er je Kinder haben, würde er die alten Sachen lieber spenden, als Jahrzehnte lang einen Flohmarkt auf dem Dachboden anzusammeln.

Stacey musste an einem der Fenster gestanden sein, denn er hatte kaum einen Schritt gemacht, als bereits die Haustüre aufschwang und das kleine Mädchen in ihrem Pyjama und mit ihrem Stoffhund bewaffnet dastand und ihn anstarrte. Nach nur ein paar Tagen konnte er bereits zwischen einem fröhlichen und einem beunruhigten Glänzen in ihren Augen unterscheiden und er war glücklich darüber, einen Hauch Freude über sein Kommen in ihnen zu entdecken. Auch, wenn sie ihm heute kein Lächeln schenkte. Etwas, von dem er nun wusste, dass es tatsächlich ein Geschenk war.

„Wie geht's dir heute morgen?", fragte er, als er vor Stacey stehenblieb.

Anstatt zu antworten hob sie ihr schlappohriges

Stofftier an ihre Brust, drehte sich um und marschierte wieder hinein. Er nahm an, das war so etwas wie eine Einladung ihr zu folgen. Im Wohnzimmer blieb sie stehen, ihre Aufmerksamkeit halb auf ihn und halb auf einen fünfundzwanzig Zoll Fernseher gerichtet, in dem ein Zeichentrickfilm mit Dinosauriern und Zügen lief.

„Wo ist deine Mama?" Obwohl er gefragt hatte, hatte er nicht wirklich mit einer Antwort gerechnet. Daher war er etwas überrascht, als ihr freier Arm sich hob und zur Treppe nach oben zeigte.

„Danke, Miss Stacey." In einer spielerischen Geste verbeugte er sich wie ein britischer Butler und wurde mit einem Leuchten in ihren Augen belohnt. Das gefiel ihm. Sehr. Er wuschelte vorsichtig durch ihr Haar und ging dann nach oben, wobei er immer zwei Stufen auf einmal nahm, während er Catherines Namen rief. Das letzte, was er brauchte, war es, sie zu erschrecken und mit einer Ladung Schrot begrüßt zu werden. Wobei ein Stadtmädchen wie sie, sicher nicht wusste, wie man mit Ralphs alter Schrotflinte umging. Da keine Antwort kam, also rief er erneut: „Catherine? Ich bin's, Connor von nebenan."

Zögerlich ging er den Flur hinunter, die Tasche mit den Stiefeln noch immer in seiner Hand. Ihm war etwas unwohl, da sie nicht geantwortet hatte. Da er sich mehr und mehr wie ein herumschleichender Dieb fühlte, rief er noch einmal ihren Namen. Wieder keine Antwort, doch dieses Mal meinte er, ein Geräusch am Ende des Flurs gehört zu haben. Hinter der Tür auf der linken Seite, saß Catherine, umgeben von Büchern und noch mehr Büchern, mitten im Zimmer und starrte auf eines, das in ihrem Schoß lag.

„Verzeihung." Er klopfte an den Türstock, bevor er hinein ging. „Sieht interessant aus."

Catherine schien ihn endlich zu bemerken und blickte auf. Nicht annähernd so überrascht, wie sie hätte sein sollen, nachdem sie plötzlich Gesellschaft von einem Mann hatte. „Oh, ich habe dich gar nicht kommen gehört." Sie legte das Buch nieder, blickte wieder zu ihm auf und zeigte mit dem Arm durch den Raum. „Sie haben nichts verändert."

Ein kurzer Blick verriet ihm, dass sie im Zimmer ihrer Mutter waren. Eine Wand mit Auszeichnungen für gewonnene 100-Meter-Läufe, High School Aufnäher, Blumenschmuck vom Abschlussball – diese Dinger schienen jedes Jahr größer zu werden und mit mehr Glitzer und Bändern verziert zu sein. Auf der Kommode standen einige Parfümflakons und Fotos von einer Frau, die Catherines kleine Schwester hätte sein können. „Wonach suchst du?"

„Mama hat Geschichten geschrieben." Sie steckte einen Briefumschlag aus einer Schachtel neben ihr zwischen die Seiten und schloss das Ringbuch. „Es geht in allen um diesen Ort. Ich hatte keine Ahnung. Vater hat nie davon erzählt." Sie lehnte sich nach links, nahm ein gebundenes Buch und schlug es irgendwo in der Mitte auf. „Ein Jahrbuch. Mehr Kinder, als ich für diese Kleinstadt vermutet hätte."

„Viele Familien unterrichten ihre Kinder die ersten Jahre zuhause, aber ab der High School fahren Busse die Kinder aus dem ganzen County hierher. War damals wohl nicht viel anders."

Catherine reichte ihm das Jahrbuch. „Ständig Fotos von ihr. Wenn es einen Wahlunterricht gab, hat sie daran teilgenommen. Wenn es einen Preis zu gewinnen gab, hat sie ihn gewonnen."

Connor blätterte durch die Seiten und ihm fiel noch etwas auf – wenn ein Pferd beteiligt war, saß sie darauf. „Sie sieht glücklich aus."

„Ja, das tut sie." Catherine schob die anderen Ringbücher, Jahrbücher und Schuhkartons beiseite und stand auf. „Ich habe das alles hier letzte Nacht gefunden. Die Jahrbücher lagen auf der Kommode, doch die Ringbücher und Schuhkartons waren im Schrank. Hier ist so viel Zeug."

„Willst du das alles durchsehen?" Er schloss das Jahrbuch.

„Ich weiß nicht. Ich muss am Dienstag wieder in Chicago sein." Müde Augen blickten auf die Überreste eines längst vergangenen Lebens. „Ich weiß nicht, wie viel ich bis dahin schaffe. Ich realisiere gerade erst, wie aufwändig es ist, Jahre von Familiengeschichte zu durchforsten."

Das klang nicht gut für Connor. Nicht, wenn er anfangen wollte, an der Scheune zu arbeiten, um sie vor dem Wintereinbruch in einem passablen Zustand zu haben. „Haben nicht Tante Eileen und ein paar Damen vom Ladys-Verein ihre Hilfe angeboten?"

„Haben sie." Sie nickte. „Und ich wollte ihre Hilfe auch annehmen, aber jetzt. Aber jetzt denke ich, ich sollte das allein erledigen. Ich möchte nichts übersehen."

Connor blickte sich noch einmal um. Der Schrank war tatsächlich vollgestopft mit altem Zeug, doch wie schwer konnte es sein, alte Kleidung, Schuhe und Überbleibsel aus Teenagerzeiten auszusortieren?

„Und du solltest mal den Dachboden sehen. Ich glaube die Brennans haben seit der Geburt Christi nichts mehr weggeworfen."

Auf jede Frage gab es eine Antwort. Jahre der Familiengeschichte durchzusehen würde länger als bis Dienstag dauern, was bedeutete, selbst wenn die Bank ihm schnell einen Kredit gewähren würde, gingen die Chancen, das Anwesen in absehbarer Zukunft zu kaufen, gegen Null. Verdammt. Eine Ader an seiner Schläfe pulsierte. Die Bestätigung der Bank wäre seine einzige Chance, ihr Feuer unterm Hintern zu machen. Er überblickte die Habseligkeiten ihrer Mutter. *Oder auch nicht.*

„Was hast du in der Tasche?" Catherine nickte in Richtung seines rechten Arms.

„Oh. Tante Eileen schickt mich." Er reichte ihr die Stiefel. „Sie gehörten meiner Schwester Grace. Aus den meisten ist sie rausgewachsen, bevor sie sie richtig eingetragen hatte."

Catherine zog einen winzigen Cowboystiefel heraus und betrachtete ihn von allen Seiten.

„Sie sind für Stacey", fügte er hinzu, bevor ihm klar wurde, wie überflüssig diese Bemerkung war.

„Dachte ich mir. Ich wette, Stacey wird sich darüber freuen." Sie lächelte ihn an und richtete ihre Aufmerksamkeit auf den Inhalt der Tasche.

Es war ein hübsches Lächeln. Ein sehr hübsches. Eines, das er gerne öfter sehen würde.

„Es gibt einen ganzen Garderobenschrank voll mit Kleidung", sagte sie und legte den Stiefel zurück in die Tasche, bevor sie zur Tür zeigte. „Nach der Länge der Hosen zu schätzen, gehörten sie wohl meiner Mutter. Großmutter war auf den Fotos, die ich gefunden habe, viel kleiner als sie."

Connor sah sich ein paar Familienfotos an, die herum lagen. Mrs. Brennan war tatsächlich eine kleine Dame. Soweit er sich an sie erinnern konnte, bevor sie krank wurde, war sie stark wie ein Stier und jeder, der sich mit ihr anlegte, lernte schnell, dass man sie nicht unterschätzen durfte. „Das Wort Feuerball fällt mir dabei ein."

Ein sanftes Grinsen breitete sich auf Catherines Lippen aus. „Das gefällt mir. Das wurde im Gerichtssaal auch schon ein paarmal über mich gesagt. Es hätte nichts dagegen, zu glauben, das von meiner Oma geerbt zu haben."

„Du kannst stolz sein. Alle liebten sie."

„Das bin ich." Catherine ging einen Schritt vor. „Hast du schon gefrühstückt?"

Ja. Ein Rancher-Frühstück. Die Art von Frühstück, die einen für Stunden satt hält und Energie für die harte Arbeit gibt. „Nur eine Kleinigkeit."

„Gut. Ich bin keine besonders gute Köchin. Aber man sagt, ich mache ein verdammt gutes Omelett. Möchtest du mitessen?"

„Danke. Sehr gerne." Es hat noch keinem geschadet, ein zweites Mal zu frühstücken. Zumindest hatte er noch nie davon gehört.

„Für Sonntag ist alles vorbereitet." Catherine nickte den Damen in ihrer Küche zu. „Ich muss sagen, es war schwerer als gedacht, sich auf einige der Details festzulegen."

„Was zum Beispiel?" Tante Eileen lehnte sich vor.

„Nun, jemand muss eine Grabrede halten. Ich wusste nicht, ob Großvater enge Freunde hatte." Catherine machte eine Atempause, in der Hoffnung, eine der Damen hatte einen Vorschlag parat. „Ich habe mich im Haus umgesehen, doch ich habe keinen Hinweis auf enge Freunde aus den letzten Jahren gefunden."

„Er war gut befreundet mit Clinton Farley", sagte Sally May. „Aber der ist vor gut zehn Jahren gestorben."

„Manchmal ging er in die Stadt, um Ned in seiner Werkstatt zu besuchen und mit ihm zu quatschen", warf Ruth Ann ein. „Aber wo ich gerade darüber nachdenke, hatten sie sich nicht einmal wegen irgendetwas zerstritten?" Zwei Augenpaare blickten auf Ruth Ann. „Okay, Ned ist vielleicht nicht die beste Wahl."

„Ich dachte, vielleicht könnte Mr. Farraday die

Grabrede halten. Sie waren lange Zeit Nachbarn und –"

„Und das ist eine wunderbare Idee. Sean wird sich freuen. Ihr Großvater war ein guter und respektierter Mann, der seine letzten Jahre einfach für sich blieb."

„Oh gut." Catherine konnte nicht in Worte fassen, wie froh sie darüber war, dass dieser Punkt geklärt war. „Der Pastor hat vorgeschlagen, dass Großvaters Freunde helfen, ihn zu Grabe zu tragen?"

Drei Köpfe nickten. „Ja sicher. So macht man das hier."

„Und er schlug noch Erfrischungen nach der Messe vor. Wenn Großvater nicht mehr viele Freunde hatte, können wir das vielleicht streichen –"

Dieses Mal verneinten drei Köpfe vehement.

„Ich will dir nicht sagen, wie du die Beisetzung deines Großvaters planen sollst." Eileen legte ihre Hand auf die von Catherine. „Ralph war vielleicht ein Einzelgänger, aber er hatte Freunde. Denk nicht eine Minute daran, dass er nicht von allen Nachbarn und jedem hier in der Stadt geschätzt wurde. Seine Beerdigung wird für ein volles Haus sorgen."

„Oh." Das war nicht ganz, was sie zu hören erwartet hatte. Ihr Blick schweifte sofort in der alten Landhausküche umher.

„Und mach dir über das Essen keine Gedanken", sagte Sally May.

„Genau", fügte Ruth Ann hinzu. „Der Tuckers-Bluff-Ladys-Verein wird sich darum kümmern. Können wir sonst noch etwas für dich tun?"

„Nun." Sie schaute zu Stacey hinüber, die auf dem Wohnzimmerboden saß und sich über den Wohnzimmertisch beugte und jeden einzelnen Buntstift aus der Packung benutzte, die Eileen ihr mitgebracht hatte. Ihr kleines Mädchen würde sich damit stundenlang beschäftigen können. „Ich denke, ich muss Kleidung sortieren. nachschauen, ob noch etwas dabei ist, was jemand gebrauchen kann."

„Darauf kannst du wetten." Sally May war die erste, die aufsprang. „Viele Familien hier im County können etwas Unterstützung gebrauchen."

„Und mit Nadel und Faden kann man so manch altes Teil aussehen lassen, als wäre es nagelneu." Ruth Ann stellte sich neben ihre Freundin. „Bringst du uns die Sachen?"

Sally May grinste Catherine von einem Ohr zum anderen an. „Nur für den Fall."

„Ich hätte dich vorwarnen sollen." Eileen legte ihre Hand leicht auf Catherines Arm. „Wir helfen gerne."

Catherine sah all die Frauen im Raum an, die bereit waren auf ihr Okay hin, die Ärmel hochzukrempeln. Das genaue Gegenteil der ihr bekannten Gerichtswelt, wo Hinterlist an der Tagesordnung stand und eine emotionale Schutzweste in jedermanns Schrank hing. Was für ein interessanter Ort, den ihre Mutter verlassen hatte. „Danke, Ladys. Das wäre sehr nett."

KAPITEL ELF

„Was in aller Welt?" Connor streifte seine Stiefel vor der Hintertür ab und hängte seinen Hut drinnen an einen Haken. Stacey am Küchentisch vorzufinden war nicht, was er erwartete hatte.

Versunken in ihre Arbeit blickte das Mädchen nicht auf.

Connor sah sich in der Küche um und blickte den Flur hinunter. Niemand zu sehen. Neben der Spüle stand ein Tablett mit Hafer-Rosinenkeksen und ein Krug mit Limonade. Man brauchte kein Genie sein, um zu erraten, was seine Tante an diesem Nachmittag gemacht hatte. Er stibitze ein paar Kekse vom Tablet und stellte sich neben Stacey. „Das ist wirklich gut."

Mit einer offenen Stiftschachtel und einem Stapel leerer Blätter neben sich, malte sie ein Bild des Appaloosas, den für gewöhnlich Adam ritt, wenn er auf der Ranch war. Er schaute die weiteren Bilder an, die sie gemalt hatte. Alles Pferde. Manche mit Gras um die Hufe. Einige mit einem Haus im Hintergrund. Dann zog sie eines der Bilder aus dem Stapel heraus und reichte es ihm. Pharaoh.

„Ich denke, das ist mein Lieblingsbild." Er lächelte sie an.

„Oh gut. Du bist früh zurück." Tante Eileen stellte einen Korb voll Kleidung auf den Tisch. „Ich habe noch ein paar Sachen von Grace gefunden."

„Wo ist Catherine?", erkundigte sich Connor.

Sie ist mittags mit Sally May und Ruth Ann in die Stadt gefahren. Wir haben die Kleidung im Schlafzimmer von Ralph und Marjorie aussortiert und haben sogar noch den Wäscheschrank im Erdgeschoss geschafft. Alles, was nicht nach Familienerbstück ausgesehen hat, ist in die Spendenkiste gewandert."

Connor nickte und wartete.

„Es waren so viele Kisten, dass Sally Mays SUV bis oben voll war. Wir fanden, es wäre eine gute Idee, alles in die Stadt zu bringen und die alten Schätze zu verteilen. Und ich dachte mir, die kleine Stacey hätte mehr Spaß daran, hier zu malen und fernzusehen, als mit ein paar alten Schachteln durch die Stadt zu fahren."

„Mm." Nun ergab es langsam Sinn. „Und du hast dich freiwillig gemeldet, mit Stacey Kekse zu backen."

„Nun, wir fanden, es wäre eine gute Idee." Seine Tante lächelte. „Schätzchen", wandte sich Eileen an das kleine Mädchen. „Ich glaube, es ist wieder an der Zeit, die Babys zu füttern. Bereit?"

Stacey hob den Kopf, legte den Stift zurück in die Box und rutschte vom Stuhl. Da bemerkte Connor, dass sie ein paar der Stiefel trug, die er vorbeigebracht hatte, ebenso wie eine Jeans.

„Ihre Mutter hat ihr Jeans angezogen?"

Eileen zuckte mit den Achseln. „Ich habe ein paar passende gefunden." Sie zeigte mit der Hand auf einen Stapel Kisten auf der anderen Seite der Küche. „Ich habe auch noch ihre Reitausrüstung gefunden."

„Reitausrüstung?"

„Da sind ein paar weiche Chaps, die ihr passen –"

„Chaps? Wofür sollte sie die denn brauchen?"

„Damit die Kälber sie nicht treten."

Es lief nicht gut. Connor rieb sich seinen müden Nacken. „Sie wird nicht in die Nähe irgendwelcher Kälber kommen."

„Doch natürlich. Wie sonst soll sie für die Ranch Spiele nächsten Monat lernen, wie man sie einfängt?"

„Sie fahren nach der Beerdigung nach Hause. Und selbst, wenn sie nicht gleich fahren, hatte Stacey noch nie mit Nutzvieh zu tun. Sie hätte keine Ahnung, was sie mit einem Kalb oder einem Schaf machen sollte. Und selbst wenn, ihre Mutter würde sie nie im Leben bei den Ranch Spielen mitmachen lassen."

„Man weiß ja nie." Seine Tante zuckte gleichgültig die Achseln.

Die Andeutungen seiner Tante verhießen nie etwas Gutes. „Tante Eileen."

„Sei kein Spielverderber. Stacey hat darauf gewartete, dass Finn und du mit der Arbeit fertig werdet, damit sie mit einem von euch die Fohlen besuchen kann. Vielleicht kann sie eines der kleineren etwas bürsten. Oder ein zwei Dinge übers Füttern lernen."

„Soll ich ihr in unserer Freizeit die Vor- und Nachteile vom Kalben im Herbst näherbringen?"

Tante Eileen kniff ihn in den Arm. „Nicht frech werden, junger Mann."

Strahlend blaue Augen blickten ihn an. Stacey hatte die Unterhaltung neugierig verfolgt. Er sah, wie gerne sie tun wollte, wovon seine Tante gesprochen hatte. Und obwohl er es bereuen würde, sobald ihre Mutter es herausfand, wollte er Stacey auf keinen Fall enttäuschen. Er streckte seine Hand aus und seufzte. „Na dann los."

Staceys legte ihre kleine Hand in seine. Er umschloss sie und hatte Angst, seine Haut wäre zu rau und könnte ihre weichen Hände verletzen. Doch bevor er reagieren konnte, zog Stacey ihn praktisch mit sich zur Tür. Er schnappte sich seinen Hut, als sie durch die Tür gingen und schüttelte den Kopf. Ihre Mutter würde ihn umbringen.

Auf einer Ranch, die so groß war, wie die der Farradays, war eines klar. Mit jedem Zyklus neuen Lebens gab es auch Verluste zu verzeichnen. Was bedeutete, dass es immer wieder Fohlen oder Kälber gab, die ohne ihre Mutter zurechtkommen mussten. Im Stall kniete er sich hin, um mit seinem Schützling auf Augenhöhe zu sein. „Es gibt viele Regeln auf einer Ranch."

Zu seiner Überraschung nickte Stacey. Vielleicht hatte seine Tante doch einen guten Riecher.

„Erst einmal bleibst du bei mir und tust genau das, was ich sage."

Dieses Mal blinzelte sie, doch er erkannte die Zustimmung in ihren Augen.

„Geh nie hinter eines der Tiere." Er wartete und als ihr klar wurde, dass er nicht weitersprechen würde, bis sie eine Reaktion zeigte, nickte sie. Sein Herz machte einen Satz. „Geh nie so nahe an ein Tier, dass du es streicheln könntest, wenn kein Erwachsener bei dir ist."

Sie nickte wieder.

„Erst geben wir Pharaoh und ein paar der anderen Pferde einen kleinen Snack. Dann sehen wir nach den Fohlen. Okay?"

Dieses Mal blinzelte sie lediglich. Er fragte sich, warum manches ein Nicken und anderes nur ein Augenzwinkern wert war. Aber zwei von vier waren nicht schlecht. Er holte eine Handvoll Leckerlis aus der Sattelkammer, steckte sie in seine Tasche und brachte Stacey zuerst in Pharaohs Pferdebox. Sofort senkte das Tier seinen Kopf, um sie zu begrüßen. Sie blickte zu Connor, um sich die Erlaubnis zu holen, dem Pferd näher zu kommen zu dürfen. Doch bevor Connor etwas sagen konnte, stupste Pharaoh Stacey bereits mit der Nase an.

Die Berührung, die viele Kinder erschreckt hätte, ließ Stacey nur kichern. Sofort schloss sie ihre Arme soweit sie reichten um den Hals des Tieres.

„Langsam." Connor wartete einen Augenblick, bevor er ihre Hand nahm und sie flach auf Pharaohs Hals legte. „Jedes Pferd mag es, hier gestreichelt zu werden."

Als würde sie ein Haustier streicheln, fuhr Stacey immer wieder mit der flachen Hand über Pharaohs Seite.

„Gut." Connor kniete sich neben ihr hin. „Streck deine Hand aus."

Stacey öffnete schnell ihre Hand. Connor legte ein Leckerli darauf und zum Glück war Pharaoh ein geduldiges Pferd. Er wartete brav, während Connor erklärte: „Halte deine Hand unter seine Nase, sodass er das Leckerli essen kann. Seine Lippen kitzeln dich vielleicht an der Hand, aber du musst stillhalten, bis er fertig ist. Okay?"

Mit funkelnden Augen nickte sie.

Connor atmete tief durch und beobachtete das kleine Mädchen, wie es genau tat, was er gesagt hatte. Ihre Lippen formten sich zu einem breiten Grinsen, als die Pferdelippen ihre Hand erreichten und das harte Apfelleckerli schnappten. Als Pharaoh fertig war, begann Stacey ihn wieder an der Seite zu streicheln. Sie war definitiv ein Naturtalent.

Als sie durch den Stall wanderten, freundete sich Stacey gerade mit Brooks Appaloosa an, als Finn hereinritt und sich ein überraschter Blick auf seinem Gesicht breitmachte. Er stieg vom Pferd und rieb die Vorderläufe des Tieres ab.

„Muss er noch abkühlen?", fragte Connor.

Finn schüttelte den Kopf. „Bin ganz langsam mit ihm rein. Hast du Pharaoh schon versorgt?"

„Ja, ich war schnell fertig mit der westlichen Weide."

Finn füllte einen Eimer mit Wasser. „Wie ich sehe

hattest du Hilfe."

Connor schüttelte den Kopf. „Wir sind nur zu Besuch hier."

Seit dem Moment, als Finn hereingeritten war, hatte Stacey ihn aufmerksam beobachtet. Ihr Blick war ihm gefolgt, wie er aus den Steigbügeln und vom Pferd gestiegen war. Was er mit den Zügeln gemacht und wie er überprüft hatte, ob Appaloosa genug abgekühlt war, bevor er ihm Wasser holte.

„Tante Eileen hat Kekse gebackten", sagte Connor.

Finns Augen wurden groß. „Mit Schoko-stückchen?"

„Hafer-Rosinen."

„Auch gut." Finn grinste.

Connor blickte zu Stacey und sein Kopf ratterte. Wie alt waren sie damals, als man ihnen beigebracht hatte, wie man sich um ein Pferd kümmert. Was hatte seine Tante dem kleinen Mädchen versprochen und wie lange würde er brauchen, um Catherine zu beruhigen, wenn sie herausfand, was er vorhatte. „Warum gehst du nicht rein. Wir kümmern uns um Ace."

Eine Augenbraue hob sich höher als die andere. Finn schaute zu Stacey und dann wieder zu seinem Bruder. „Sicher?"

Connor nickte und Finn zuckte mit den Achseln. Dann tätschelte er sein Pferd am Hals, flüsterte ihm ins Ohr, dass er sich benehmen sollte, und ging in Richtung Haus.

Connor klatschte in die Hände und wandte sich an Stacey. „Bereit, Finns Pferd zu versorgen?"

Für das Risiko, die Frau zu verärgern, deren Land er für seine Pferdezucht kaufen wollte, wurde er mit einem Lächeln *und* einem Nicken belohnt.

„Zuerst müssen wir ihm Wasser geben." Connor füllte den Kübel nur halb, in der Hoffnung, dass Stacey ihn dann besser tragen konnte. „Bitte sehr."

Sie nahm den Henkel und trug ihn mit mehr Leichtigkeit, die Connor nicht erwartet hätte, hielt ihn dem Pferd hin und schenkte Connor ein weiteres Lächeln, als Ace den Inhalt schlürfte.

„Wenn wir zu seiner Box kommen, bekommt er noch mehr Wasser." Staceys Blick lag auf dem Kübel und Connor wusste, sie hatte eine Frage. Töricht wartete er darauf, ob sie nicht doch zu sprechen begann. „Wenn man ihm zu viel auf einmal zu trinken gibt, kann er eine Kolik bekommen. Das ist so etwas wie ganz schlimmes Bauchweh."

Das kleine Mädchen schaute verständnisvoll. Mit Stacey an seiner Seite nahm er Zaumzeug und Sattel ab und obwohl Connor das Gewicht trug, half auch Stacey mit beiden Händen mit. Das Kind hatte Mumm.

Die nächsten zehn Minuten oder so bürsteten Stacey und er das Pferd mit den gleichen wohltuenden Strichen, die sie am Abend zuvor auch Pharaoh hatte zukommen lassen. „Das", erklärte er, „macht man, um den Staub und Dreck und den Schweiß heraus zu bekommen, der sich während der Arbeit angesammelt hat."

Weder antwortete Stacey, noch nickte sie. Sie war zu sehr auf ihre Arbeit konzentriert, um diese zu unterbrechen und Connor anzublicken. Doch er wusste, sie saugte alles was er sagte und tat mit Neugier auf.

Als nächstes nahm Connor die harte Bürste, um losen Dreck auszubürsten, während er stolz beobachtete, wie Stacey mit der weicheren Bürste in Ace' Gesicht und an den Beinen weiter machte. Wenn er es nicht besser wüsste, hätte er schwören können, dass Stacey schon ihr ganzes Leben von Pferden umgeben war. Während er die Hufe säuberte, lehnte sich Stacey an ihn.

Als das Pferd in seiner Box war, reichte Connor Stacey eine Apfelhälfte, die er aus der Sattelkammer geholt hatte. „Warum gibst du ihm den nicht, als Belohnung dafür, dass er so ein guter Junge war?"

Absichtlich sagte er nichts mehr, um zu sehen, ob sich Stacey noch daran erinnerte, wie sie ihre Hand halten musste. Er war sich sicher, dass Ace, auch wenn sie es nicht gleich richtig machen würde, keine Bedrohung darstellte. Doch sein Zweifeln blieb unbegründet. Mit dem Apfel in der Mitte streckte Stacey ihm ihre flache Hand entgegen und wartete geduldig, bis er die Frucht ganz verspeist hatte. Obwohl Ace nicht ganz so fasziniert von Stacey war wie Pharaoh und bisher seinen Kopf nicht für sie gesenkt hatte, hob sie wie selbstverständlich ihre Hand und streichelte ihn seitlich am Kinn.

„Ich muss noch seinen Sattel putzen. Möchtest du nach drinnen gehen zu Tante Eileen?"

Das niedliche Lächeln auf ihren Lippen verschwand. Für einen Moment dachte er, Ace hätte sich bewegt und sie verletzt, doch dann erkannte er, was los war.

„Oder möchtest du mir helfen?", fragt er.

Sie nickte leicht.

„Also gut." Er lächelte sie an und reichte ihr seine Hand. „Nun folgt das Einmaleins des Sattelputzens."

KAPITEL ZWÖLF

„**D**anke, dass du mich nach Hause gebracht hast", sagte sie zu D.J..

Catherine hatte den größten Teil des Nachmittags damit verbracht, Ruth Ann zu einigen Häusern in der umliegenden Gegend zu begleiten. Einen Großteil ihrer gespendeten Gegenstände hatten sie beim Pastor gelassen. Der Rest sollte zusammen mit weiteren Spenden an hilfsbedürftige Familien in der Gegen gehen. Also fuhren Ruth Ann und Catherine in die eine und Sally May mit einer anderen Dame der Kirchengemeinde in eine andere Richtung.

Wieder in der Stadt, hatten sie D.J. getroffen, der gerade zur Ranch aufbrechen wollte und Ruth Ann konnte sich den Weg zurück zu den Farradays sparen.

„Für West-Texas-Verhältnisse wohnt Ruth Ann nicht weit von der Ranch entfernt, aber ich fahre ja ohnehin in diese Richtung."

„Verbringst du viel Zeit auf der Ranch?"

„An manchen Tagen mehr als an anderen." D.J. tippte mit dem Finger aufs Lenkrad.

Catherine kannte diesen Farraday-Bruder nicht sehr gut, doch sie hatte lange genug Zeugen und Geschworene beobachtet, dass ihr auffiel, dass ihn etwas unangenehmes beschäftigte. „Harter Tag?"

„Nicht direkt." Er tippte noch immer mit den Fingern auf dem Lenkrad herum.

Catherine war sich ziemlich sicher, dass ihm selbst

nicht klar war, dass er nervös mit den Fingern spielte. Sein Blick war auf die leere Straße vor ihnen gerichtet. Was auch immer diesen Farraday beschäftigte, ging sie nichts an. Aber sie versuchte trotzdem ihr Glück. „Arbeit oder privat?"

D.J. schaute kurz zu ihr hinüber. „In einer Kleinstadt wie dieser ist das ein und dasselbe."

„So klein ist die Stadt auch wieder nicht." Nachdem sie heute in der Stadt und der umliegenden Gegend herumgefahren war, wusste sie, dass die Fläche der Stadt bestimmt so groß ist wie einige Vororte von Chicago war, nur mit etwas mehr Platz, zwischen den Häusern.

„Wird jeden Tag größer."

„Warum ist das so?"

„Wegen dem Öl und den Leuten, die deswegen herkommen."

„Aber wir sind ganz schön weit weg von den großen Städten." So hatte es sich zumindest angefühlt, als sie von Dallas hierher gefahren war.

„Das stimmt. Als ich jünger war, träumte jedes Kind davon von hier weg zu ziehen und den Redneck-Lifestyle anzunehmen."

„Auch du?"

„Auch ich. Und wie auch ich, kommen die Leute zurück. Um Leben und Familie in einer weniger hektischen Welt zu genießen."

„Dorothy und Oz. Nirgends ist es wie zu Hause."

D.J. nickte. „So in etwa."

„Also, was beschäftigt dich? Du musst keine Namen nennen, ich weiß ohnehin nicht, wer gemeint ist."

„Es ging um eine Beweisaufnahme. Ich wurde heute wegen häuslicher Gewalt gerufen."

Catherine wartete.

„Ich bin mit dem Kerl zur Schule gegangen. Wir

waren Freunde. Und jetzt …"

„Ärger im Paradies."

D.J. nickte. „Er beruhigt sich etwas hinter Gittern."

Irgendetwas sagte ihr, dass seinen High School Kumpel einzubuchten nicht das Einzige war, was ihn belastete.

„Das war sicher nicht das erste Mal, dass du jemanden verhaften musstest, den du kennst?"

Er schüttelte den Kopf. „Irgendwas wird mir schon einfallen."

„Da bin ich mir sicher." Und sie war sich sicher. Es war offensichtlich, dass er sich um die Leute hier sorgte. Und die Sorge um die Bürger, war was einen guten Polizisten ausmachte. Sie blickte aus dem Fenster und ihre Gedanken wanderten wieder zu Stacey und all dem, was in den letzten Tagen geschehen war. „Ich hoffe, meine Tochter war nicht zu viel für deine Tante."

„Das wäre das erste Mal", äußerte er amüsiert.

Sie freute sich, dieses typische Farraday-Lächeln zu sehen. „Warum?"

„Es gibt kein Kind auf Erden, mit dem meine Tante nicht fertig wird. Und Stacey gehört eindeutig zu der braven Sorte. Es gab sicher kein Problem. Ich wette, Tante Eileen bäckt entweder mit ihr oder sie spielen Teeparty."

„Sie hat bestimmt oft mit euch Jungs Teeparty gespielt." Catherine verkniff sich ein Grinsen.

„Kaum." D.J. schüttelte den Kopf und grinste. „Ich denke, bei Grace hat sie es etwas übertrieben, um all das Testosteron im Haus auszugleichen."

„Also willst du mir sagen, dass sie meine Tochter vermutlich verzieht?"

Er senkte sein Kinn etwas. „So in etwa."

So in etwa war vermutlich eine seiner Lieblings-phrasen. Sie hoffte, dass Tante Eileen Stacey auf eine

Weise erreichen konnte, wie es sonst keiner konnte. Mit Ausnahme von Connors Pferd. Oder diesem seltsamen Hund.

„Bist du nicht bildhübsch." Tante Eileen betrachtete Stacey in einem der Rüschenkleider, die sie für Grace genäht hatte, als sie dachte sie würde Square Dance Unterricht nehmen. Diese Marotte hatte vielleicht noch eine Stunde angehalten, nachdem das Kleid fertig genäht war. Connor konnte sich noch gut daran erinnern. Genau wie an den Klavierunterricht und das Ballett. Das Einzige, was blieb, waren die Pferde. Lag vermutlich in den Genen.

Stacey drehte sich und der Rock formte einen breiten Kreis in der Luft. Dann ging sie zu Connors Tante an die Spüle. „Hast du schon mal Kartoffeln geschält?"

Stacey schüttelte den Kopf vorsichtig. Eine kleine Bewegung, doch ausreichend. Connor fragte sich, ob sie lediglich ihre Schüchternheit ablegte, oder ob die Zeit mit den Tieren den Ausschlag gab. Oder vielleicht grübelte er einfach nur zu viel über ein Problem nach, das ihn nichts anging.

Tante Eileen reichte ihr eine Kartoffel, schob einen Stuhl an die Spüle und stellte Stacey darauf. Dann stellte sie sich hinter das eifrige kleine Mädchen, legte ihre Arme um sie wie ein Puppenspieler mit seiner Marionette und zeigte ihr, was zu tun war.

„Jemand zu Hause?" Ertönte D.J.s Stimme am Vordereingang.

Seit wann kündigte sich einer der Jungs an, wenn er hereinkam? Das Farraday-Haus hatte eine offene Tür für Familie und Freunde, die immer, ohne Ausnahme, in der Küche auftauchten. Connor wollte gerade seinem Bruder zurufen, als er Catherine erblickte.

„Der Polizeichef hat mich aufgegabelt." Catherine grinste schelmisch.

Kurz nach ihr kam D.J. herein, ohne seine Marke und den Gürtel, an dem gewöhnlich seine Pistole verstaut war. Auch sein Hemd war aus der Hose gezogen und größtenteils aufgeknöpft. In all den Jahren in denen Connor seinen Bruder in Uniform, als Marine, ein Cop aus Dallas oder als Polizeichef von Tuckers Bluff gesehen hatte, war D.J. nie so … schlampig angezogen. Connor musste grinsen. Keiner der Farraday-Männer wusste viel, wenn es um kleinen Mädchen ging, doch waren sie alle fürsorglich genug, um lieber alle Regeln zu brechen, als ein Mädchen ein zweites Mal zu erschrecken.

In dem Moment, als Tante Eileen D.J. erblickte, verschwand das breite Lächeln auf ihren Lippen. Connor sah nochmal hin. Abgesehen von dem aufgeknöpften Hemd konnte er nichts Ungewöhnliches entdecken. D.J. sah aus wie immer. Doch als sie heranwuchsen, fragten sich die Kinder oft, ob Tante Eileen irgendwelche irischen Feenkräfte geerbt hatte und Gedanken lesen konnte. Gott wusste, wenn sie je versuchten, die Wahrheit ein wenig zu verdrehen, würde Tante Eileen sie dabei ertappen. Und wenn sie sie nicht sofort zur Rede stellte, erteilte sie ihnen später eine Lehre.

„Wo sind Dad und Finn?"

„Einer der Viehtreiber gab Bescheid, dass ein Kalb im Teich feststeckt. Sie sind vor ein paar Minuten weg."

Stacey war beschäftigt mit ihrer Kartoffel und blickte nicht einmal zu ihrer Mutter hoch, als diese sich neben sie stellte und ihr durch die Locken fuhr.

„Hattest du einen schönen Tag, Liebling?", fragte Catherine.

Stacey nickte kurz, ohne ihren Blick zu heben, und Catherine bekam so große Augen wie der Vollmond draußen. Dann sauste ihr Blick zu Tante Eileen, weiter zu Connor und wieder zurück zu ihrer Tochter.

Vielleicht war Stacey doch nur schüchtern gegenüber Fremden. Und vielleicht hatte Tante Eileen mit den Pferden rechtgehabt.

„Abendessen ist fast fertig. Hast du schon gegessen?", fragte seine Tante Catherine.

Die noch immer sprachlose Mutter schüttelte den Kopf, während ihr Blick weiter auf ihre Tochter gerichtet war.

„Gut. Ihr bleibt zum Essen."

Catherine nickte, ging langsam von Stacey weg und blickte zu Eileen. „Kann ich irgendwie helfen?"

„Nein. Stacey und ich haben alles unter Kontrolle. Warum setzen du und die Jungs sich nicht schon mal und ich bringe euch etwas Blaubeerlimonade."

Connor legte seine Hand auf Catherines Rücken und schob sie ins Nebenzimmer, während ihr Blick noch einmal über ihre Schulter zu ihrer Tochter wanderte, die fröhlich einen großen Berg Kartoffeln schälte.

Bis sich alle gesetzt hatten, kam Tante Eileen mit einem Tablett voll Gläser ins Zimmer. „Bitte sehr." Sie stellte alles auf dem Couchtisch ab, schaute kurz zu Stacey und dann zu D.J. „Was ist passiert?"

D.J. rieb sich den Nasenrücken. „Jake Thomas ist Charlotte mitten im Silver Spurs an die Gurgel gegangen."

Tante Eileens Finger hoben sich, um ihre Überraschung zu verbergen. „Geht es ihr gut?"

D.J. nickte. „Die halbe Stadt kam ihr zu Hilfe. Er sitz gerade in einer Zelle auf dem Revier."

„Und Charlotte?"

„Ich habe sie zu Brooks gebracht. Sie hatte einen

Schock, aber ansonsten schien es ihr gut zu gehen. Sie wird wohl ein paar blaue Flecke bekommen. Die Sache ist, es brauchte Adam, Burt und Frank, um ihn von ihr weg zu bekommen. Den Augenzeugenberichten nach, würde ich, wenn ich Jake nicht besser kenne, sagen, dass der Kerl, den sie beschrieben, unter Drogen stand.“

Connor wusste, worauf sein Bruder anspielte. Es gab Drogen, die Menschen unglaublich stark und verrückt werden ließen. Im Urlaub in Süd-Florida hatte er eine Frau gesehen, die Flakka genommen und die Heckscheibe eines Streifenwagens herausgetreten hatte. Verrückt.

„Brooks hat einen Bluttest gemacht und ins Labor geschickt. Das Ergebnis kommt in ein oder zwei Tagen. Aber ich kann das nicht glauben.“

„Weißt du, gestern im Café habe ich gehört, dass er nicht nur seiner Frau gegenüber aufbrausend ist.“

D.J. senkte seine Hand und blickte seine Tante an. „Was hast du gehört?“

„Burt Larson sagte, er hat Jim Brady angegriffen. Und Mrs. Peabody sagte, es gab einen Vorfall mit Tess Rankin. Was bringt einen Mann dazu, sich so zu verändern?“

„Nun, wenigstens kann ich Jake dieses Mal in Haft behalten, ohne dass Charlotte gegen ihn aussagen muss, aber ...“

D.J. musste nicht weiterreden. Jake einzusperren, würde weitere Angriffe fürs erste verhindern, doch konnte es keine kaputte Familie reparieren. Besonders nicht, wenn es stimmte, was Connor von seinem Bruder gehört hatte und Charlotte Thomas, ihren Ehemann, weiterhin in Schutz nahm.

„Vielleicht kann ich helfen.“ Catherine stellte ihr Limonadenglas auf den Tisch. „Ich habe in Chicago immer wieder Pro-bono-Fälle übernommen. Vielleicht würde es helfen, wenn ich mit der Frau spreche."

„Das ist sehr freundlich, aber ich bin nicht sicher, ob das zu diesem Zeitpunkt eine gute Idee ist." D.J. rutschte auf seinem Platz nach vorne. „Ich habe versucht ihr ins Gewissen zu reden, aber sie bleibt stur. Die anderen Polizisten und ich fahren öfter Streife in ihrer Straße, schauen öfter in ihrem Geschäft vorbei. Adam hat sogar versucht, Jake einzuladen, um ihm ins Gewissen zu reden, ihn zu überzeugen, sich Hilfe zu suchen –"

„Und es führte zu nichts", fügte Catherine an. „Das ist ein Schlamassel."

„Ich sehe besser mal nach meiner Küchenhilfe." Eileen wandte sich zur Küche und hielt dann inne. „Fünfundzwanzig Jahre in dieser Stadt und so etwas habe ich noch nicht erlebt. Ich weiß nicht, was ich tun soll." Sie erwartete keine Antwort, setzte ein Lächeln für Stacey auf und ging in die Küche zu ihrem spontanen Kochunterricht.

KAPITEL DREIZEHN

„Es war wirklich nett von dir, sie herzutragen", flüsterte Catherine, während sie die Tür für Connor aufhielt.

Der Tag bei den Farradays hat Stacey müde gemacht. Als es an der Zeit war, nach Hause zu gehen, hatte sich Stacey geweigert, bis ihre Mutter versprochen hatte, dass sie am nächsten Tag wieder zu Besuch kommen dürfte. Als sie alle in Connors alten Truck gestiegen waren, schlief Stacey ein, kaum dass er den Motor gestartet hatte.

„Kein Problem. Wohin?" Connor blieb an der Türe stehen, als er Stacey wie ein liebender Vater fester an seine Schulter drückte. Sofort schmiegte sie sich an ihn und ihre Finger suchten seinen Nacken.

Der Anblick raubte Catherine den Atem. „Wir schlafen hier." Catherine führte ihn ins Gästezimmer hinter der Küche und prägte sich über die Schulter blickend den Anblick ihrer Tochter in Connors Armen gut ein. Sie schlug die Decke des Bettes auf, in dem Stacey und sie schliefen und ging dann einen Schritt zur Seite, um Connor Platz zu machen. Er legte das Mädchen vorsichtig ab und in dem Moment, in dem ihr Kopf das Kissen berührte, drehte sie sich zur Seite und schmiegte sich an die Matratze. Catherine zog ihr die Schuhe und Socken aus und versuchte, Stacey dabei nicht zu wecken, während sie ihr den Pyjama anzog.

Vorsichtig schloss Catherine die Tür und bat

Connor ins Wohnzimmer. „Ich hoffe, sie schläft die Nacht wieder durch."

„Mag sie kein fremdes Bett?" Connor verharrte neben ihr.

„Vielleicht. Sie kämpft mit Alpträumen seit ihr Vater tot ist. Es ist mit der Zeit besser geworden. Erst war es jede Nacht. Manchmal sogar mehrmals. Jetzt kommt es nur noch alle paar Nächte vor. Die Nacht, bevor wir aus Chicago losfuhren, hatte sie durchgeschlafen. Und auch seit wir hier sind, ist sie nicht aufgewacht. Wenn sie heute Nacht durchschläft, bricht sie ihren Rekord."

„Tut mir leid, das zu hören" Sein Blick schweifte zu der verschlossenen Tür, hinter der Stacey schlief. „Sie ist so ein süßes Mädchen."

„Sie war so fröhlich. Glaub mir. Mein Mann und ich haben sehr viel gearbeitet. Man kann wohl behaupten, wir waren beide Workaholics. Achtzig Arbeitsstunden war eine kurze Woche für uns. Die meiste Zeit, die Stacey wach war, verbrachte sie mit Kindermädchen. Es gab Tage, an denen wir sie überhaupt nicht gesehen haben. Aber trotzdem *war* sie ein glückliches Kind."

Connor wandte sich wieder zu Catherine, doch zu ihrer Überraschung war in seinem Blick keine Wertung oder Verachtung zu erkennen. Eher Neugier, oder vielleicht Verständnis.

„Entschuldige, ich wollte mich nicht bei dir ausweinen." So viel zu arbeiten bedeutete, keine Zeit, Freundschaften zu pflegen. Und ihr Vater war nicht der Mensch, der nichts hören wollte, was nur im Entferntesten nach einer Beschwerde klang. Ihr ganzes Leben wurde sie dazu erzogen, sich ein dickes Fell anzueignen, es wie ein Mann zu nehmen. Und das hatte sie auch getan. Außer, wenn es um Stacey ging. „Ich habe schon zu viel gesagt."

„Nein ich … ich würde gerne mehr erfahren."

Catherine nickte. Sie wollte über ihr kleines Mädchen nicht nur mit dem Therapeuten sprechen, der nur leere Versprechungen machten. „Setzen wir uns auf die Veranda, da kann ich hören, wenn sie aufwacht."

Einen Schritt hinter ihr, folgte Connor ihr auf die Veranda. Er wartete, bis sie sich auf die Schaukel gesetzt hatte lehnte sich dann mit verschränkten Knöcheln ans Geländer. „Was ist passiert?"

Catherine versteifte ihren Rücken und ging zwei Jahre in der Zeit zurück. „Sie liebte Menschen. Und sie betete ihren Vater an. David war nicht gerade verspielt. Keiner von uns Beiden war der Typ Eltern, die Spiele spielten oder mit ihren Kindern herumtobten. Ein Spaziergang im Park war einfach – ein Spaziergang. Die wenigen Stunden, die wir als Familie verbrachten, verbrachten wir meist im Museum oder in Galerien, anstatt in einem Park oder auf einem Spielplatz. Die schönsten Momente für Stacey waren, wenn sie bei ihrem Vater auf dem Schoß saß und er laut ein Louis L'Amour Buch vorlas, oder ich Dickens."

„Du liest einem Kleinkind Dickens vor?" Die Verwunderung in seinen Augen ließ Catherine lächeln.

„Nun, die für Kinder illustrierte Version."

Connor lächelte und neigte den Kopf in einer vagen Geste, die weder Zustimmung noch Ablehnung zeigte, bevor sein Lächeln breiter wurde. „Gibt es auch eine illustrierte Fassung von Louis L'Amour?"

„Nein." Sie atmete tief ein, um das Flattern zu besänftigen, das immer in ihr aufkam, wenn er sie so anlächelte. „Das Original. Genau wie ihr Vater hat sie es geliebt."

„Daddys kleines Mädchen", sagte Connor leise.

Catherine nickte. „An jenem Abend sollte ich Stacey von der Tagesbetreuung abholen, da unser Kindermädchen im Urlaub war. Ich wurde von der

Arbeit aufgehalten und die Zeit flog nur so dahin." Ihr Fuß stieß sie vom Boden und sie schaukelte. „David war früher nach Hause gegangen, da er leicht erkältet war. Also holte er sie ab."

„Und dann geschah der Unfall."

Sie legte ihre Arme um sich und nickte. „David war sofort tot. Stacey befreite sich aus ihrem Kindersitz und kroch heraus. Der erste Polizist, der zum Unfall kam, fand sie an ihren Vater gekauert vor. Sie schrie, er solle aufwachen. Der Officer musste das Fenster einschlagen, um sie rauszuholen. Sie hat hier immer noch eine kleine Narbe." Catherine zeigte an ihre Schläfe. „Seit dem Abend hat sie kein Wort mehr gesprochen."

Connor überlegte lange. „Das tut mir leid. Ich weiß nicht, was ich sagen soll."

„Da gibt es nichts zu sagen. Es ist geschehen. Wir müssen damit klarkommen."

„Und schafft ihr das?"

Diese Worte ließen ihre Füße das Schaukeln stoppen. Sie hatte verschiedene Therapeuten und Psychologen besucht. Sogar einen Kräuterheiler. Keiner konnte ihr helfen. Und jetzt schien sie frische Luft und Landleben zu testen. „Ich habe zu viele Menschen in meinem Leben verloren. Ich kann nicht zulassen, dass Stacey etwas zustößt. Sie ist alles, was ich noch habe."

Connor nickte verständnisvoll. „Was ist mit deinem Vater?"

„Vater lebt fürs Gesetz. Vielleicht war er anders, als meine Mutter noch lebte." Sie zuckte mit den Achseln. „Ich war kaum älter als Stacey jetzt, als meine Mutter krank wurde und starb. Ich kenne meinen Vater nicht anders."

„Keine anderen Großeltern?"

„Vaters Eltern waren viel auf Reisen. Ansonsten

lebten sie in einem alten Stadthaus in Philadelphia. Und die Eltern meiner Mutter hatte mein Vater nie erwähnt. Wahrscheinlich dachte ich einfach, sie waren mit Mom gestorben."

Connor nickte, sein Blick schweifte in die Ferne und zurück. „Das tut mir leid. Die Brennans waren nette Leute. Du hättest sie gemocht."

„Ich weiß. Wenigstens hatte ich dank moderner Technologie noch ein wenig Zeit mit meinem Großvater."

„Ja zum Glück." Er lächelte.

„Und was ist mit dir?" Catherine lehnte sich nach vorne. Sie hatte genug von sich erzählt. „Du hast erwähnt, du wills Pferde züchten."

Connor nickte. „Ja. Als Kind, wenn die anderen die Rinder zusammentrieben, Kälber einfingen oder Zäune reparierten, habe ich mich oft davongeschlichen und die wilden Mustangs beobachtet." Er lächelte. Es war eher schelmisches Grinsen, dass auch sie zum Lächeln brachte. „Ich konnte ihnen stundenlang zusehen. Ein paarmal bin ich ziemlich nahe an sie herangekommen. An manchen Tagen war es beinahe so, als könnte ich ihre Gedanken lesen." Er zuckte die Achseln. „Es hat sich herausgestellt, dass Pferde mich auch mögen."

Sie stand auf, ging über die kleine Veranda und lehnte sich neben ihn an das Geländer. „Was meinst du?"

„Ich habe eine Gabe. Wenn Leute ein nervöses oder schwieriges Pferd haben, bringen sie es zu mir. Und ich helfe ihm."

„Wie ein Pferdeflüsterer?"

Connor lachte lauthals. „Nein, ernsthaft. Man muss nur die Mentalität von Pferden verstehen. Das Vertrauen des Pferdes gewinnen. Zu viele wollen einfach den Willen dieser majestätischen Tiere brechen." Er schüttelte den Kopf und seufzte.

Catherine lehnte sich zurück und studierte seinen starken Blick. Augen sind das Fenster zur Seele. In Connors Augen konnte sie einen stählernen Willen und das Herz eines Löwen sehen. Ihre Fähigkeit, Menschen zu lesen, hatte sich all die Jahre oft bezahlt gemacht. „Du wirst bekommen, was du dir wünscht."

Nur Zentimeter voneinander entfernt blickten sie einander in die Augen. Hitze und Verlangen blickten sie an. Alles um sie verblasste. Die Luft zwischen ihnen knisterte. Er atmete tief ein, schloss seine Augen und öffnete sie langsam wieder. Er legte seine Finger an ihre Wange, atmete tief aus und flüsterte: „Werde ich das?"

Ohne zu zögern öffnete sie ihre Lippen und nickte. Die Frage war nur, würde sie ebenfalls bekommen, was sie wollte.

Der Wahnsinn hat die Führung übernommen. Das war die einzige Erklärung, warum all seine Vernunft verschwunden war und Connor nur noch ein unstillbares Verlangen nach dieser Frau verspürte. Seine Fingerspitzen prickelten und sein Herz hämmerte in seiner Brust. Das war nicht gut. Nicht klug. Sie zu küssen würde nur Ärger bedeuten. Aber das war ihm gerade egal.

Er legte seine freie Hand um ihre Taille und zog sie mit einem sanften Ruck in seine Arme. Weiche Brüste schmiegten sich an seine harte Brust. Das bisschen Blut, das noch in seinen Venen floss, rauschte unter seine Gürtelschnalle. Und auch das war ihm egal.

Ein überraschtes Stöhnen kam aus ihrer Kehle und das Geräusch schärfte seine Sinne. Langsam, völlig im Kontrast zu der Dringlichkeit, die in ihm brodelte, berührten seine Lippen die ihren. Sanft, geschmeidig, perfekt. Finger krallten sich in seine Brust und lösten sich wieder. Mit einem weiteren schnurrenden Stöhnen, das seine Jeans unangenehm eng wirken ließ, legte sie ihren Arm um seinen Hals und zog ihn eng an sich.

Hatte er je eine andere Frau mehr begehrt als Catherine? Ein einfacher Kuss fühlte sich wie alles an, was er je brauchen könnte, und war doch nicht genug. Er wollte so viel mehr. Und doch, sollte das alles sein, würde er sich sein restliches Leben damit begnügen.

Sein restliches Leben? Die Worte rasten in dem, was von seinem Verstand noch übrig war, umher. Verlangen bahnte sich seinen Weg an die Oberfläche. Die Hand an ihrer Taille rutschte tiefer, verweilte an ihrem Po. Die Berührung brachte sie dazu, sich an ihn zu schmiegen. So könnte er für den Rest seines Lebens jeden Abend verbringen.

Ein unerträgliches Gefühl von Ritterlichkeit hämmerte an der Tür zu seinem Verstand. Ihre Tochter schlief nur wenige Meter entfernt. Catherines Emotionen mussten wegen ihrer Verluste verrückt spielen. Erst der ihres Mannes, dann der ihres Großvaters und irgendwie auch der Verlust ihrer Tochter. Die donnernden Worte seines Vaters ließen seine Gedanken verstummen: *Es gibt Regeln. Nutze nie eine Frau aus, die getrunken, geweint oder gelitten hat. Nie.*

Mit jeder Unze seiner verbliebenen Willenskraft trat Connor einen Schritt zurück und legte seine Stirn an die von Catherine. Er atmete schwerer, als es ihm lieb war, und wollte sich noch immer in ihr verlieren. Er suchte nach Worten. Nicht nach irgendwelchen. Nach den richtigen Worten. „Es tut mir leid." war alles, was er herausbrachte. Zu dumm nur, dass er keine Ahnung hatte, was ihm leidtat.

„Mir nicht." Sie hob den Kopf und trat zurück, bis sie am Geländer der Veranda lehnte. Ihr Blick lag immer noch auf ihm. „Erzähl weiter."

„Weiter?" Er war noch nicht ganz bei sich. In diesem Augenblick fehlte seinem Gehirn immer noch Blut, da der Großteil davon sich immer noch südlich seiner Gürtelschnalle befand.

„Über deinen Traum. Willst du die Ranch erweitern?"

Gerade war reden das Letzte, was er wollte. Aber vielleicht war jetzt der richtige Zeitpunkt gekommen. „Ich möchte meine eigene Ranch haben. Mein eigenes Gestüt."

„Dein eigenes Fleckchen Land."

„Klingt bei dir so, als wollte ich von zu Hause weglaufen."

Sie kicherte und das sanfte Rumoren brachte ihn ebenfalls zum Lächeln. „Entschuldige. Also, du willst deine eigene Ranch. Wann soll es soweit sein?"

„Jetzt."

„Jetzt?"

„Ich warte nur noch auf die Bestätigung der Bank."

„Für einen Kredit?", fragte sie.

Er nickte. „Es ist nicht so einfach, wie ein Haus zu kaufen. Ich habe eine stattliche Summe angespart. Aber bei den Verhandlungen sind … Schwierigkeiten aufgetreten."

„Du hast also schon ein Grundstück in Betracht gezogen?"

Mehr als in Betracht gezogen. „Ja." Er atmete tief ein und musste darauf hoffen, dass das, was er sagen wollte, gut aufgenommen wurde. „Tatsächlich ist es so, dass ich vorhabe –"

Das Klingeln von Catherines Handy unterbrach ihn. Sie zog es aus ihrer Tasche und ging einen Schritt zurück. Stirnrunzelnd betrachtete sie die Nummer und hob einen Finger. „Hallo?"

„Wir haben ein Problem", dröhnte es aus dem

Lautsprecher. „Ted weigert sich, beratender Anwalt zu sein. Der Klient hat Wind davon bekommen und ich habe die letzte Stunde damit verbracht, ihm zu versichern, dass du am Dienstag hier sein wirst, um ihn zu treffen." Die verärgerte Stimme war so laut, dass Connor jedes Wort ohne Mühe verstehen konnte. „Ich habe dir die wenigen neuen Informationen, die wir haben, gemailt. Du musst –"

„Nein", unterbrach sie ihn.

„Was meinst du mit, nein? Ich habe noch nicht einmal gesagt was ich von dir möchte."

„Nein, ich werde am Dienstag nicht da sein." Sie entfernte sich noch ein paar Schritte von Connor. „Stacey hat mir heute zugenickt."

„Das ist schön. Meine Tochter zu sein kann dir nur begrenzt helfen, junge Dame –"

„Daddy. Nein."

„Hör zu." Selbst das tiefe seufzen des Mannes konnte Connor noch gut hören. „Du bist nicht deine Mutter. Du gehörst nicht an den Arsch der Welt. Genauso wenig wie Stacey. Es gibt Leute, die solche Dinge täglich erledigen. Sie können die Ranch und alles was dazu gehört verkaufen. Wenn du für Stacey frische Luft möchtest, kaufen wir ein Landhaus. Aber jetzt wird es Zeit, dass du nach Hause kommst."

Ihre freie Hand ballte sich zu einer Faust. „Ich werde nichts verkaufen."

Vier kleine Worte, die Connors Traum vom Land der Brennans zunichtemachten.

„Ich verstehe es nicht, aber ich werde erst einmal hierbleiben. Tut mir leid, Daddy." Ohne ein weiteres Wort legte Catherine auf, schob das Telefon wieder in ihre Tasche und legte ihre Arme um sich. Sie rieb die Kälte des Abends oder etwas, das noch viel kälter war, aus ihrem Körper und wandte sich an Connor. „Es wird spät."

Das stimmte. Es war viel später, als sie gedacht hatten. Es lag plötzlich mehr zwischen ihnen als je zuvor und Connor wusste nicht, was schmerzlicher war. Seine Ställe zu verlieren oder sie.

KAPITEL VIERZEHN

„Guten Morgen." Brooks winkte seinen Bruder zu ich. „Dich hätte ich um diese Uhrzeit nicht in der Stadt erwartet."

Connor hängte seinen Hut an den nächsten Haken und setzte sich an den runden Tisch. Die letzten beiden Tage, seit er Catherines Telefonat mit ihrem Vater mitgehört hatte, war er wie ferngesteuert herumgelaufen, wobei sein einziger Lichtblick die Zeit mit Stacey gewesen war. Als Finn erwähnt hatte, er bräuchte einige Dinge aus der Stadt, hatte Connor sich sofort freiwillig gemeldet, um einen Tapetenwechsel zu bekommen. Mittagessen im Café war immer ein Garant dafür, mindestens einem seiner Brüder zu begegnen.

„Du siehst müde aus", sagte Toni, Brooks Verlobte, und tätschelte Connors Schulter.

Meg, Adams Frau, war ihre Kellnerin. „Eistee?"

Er hätte etwas mit Bourbon bevorzugt, aber um diese Uhrzeit und mit seiner anwesenden Familie und Abbie, wäre das keine gute Idee gewesen. „Klingt gut."

Becky, Adams Tierarzthelferin, lächelte und wackelte mit dem Fingern, wie sie es schon als kleines Kind getan hatte, wenn sie mit seiner kleinen Schwester Grace gespielt hatte. Auf dieselbe Art begrüßte sie alle Farraday-Brüder. Bis auf Ethan. Er war immer eine verbale Begrüßung wert. Meist begleitet von einem schüchternen Lächeln oder etwas anderem, das sein Interesse wecken sollte.

„Was von Ethan gehört?", fragte er.

Becky blickte in die Runde. „Das fragst du mich?"

„Ja." Connor nickte.

„Wenn ihr nichts von ihm gehört habt, warum sollte ich dann etwas gehört haben?" Ihre Stimme klang eine Oktave höher als normal.

„Ich dachte nur ihr wärt … Freunde …" Er kam nicht dazu, den Satz zu beenden. Seine Schwägerin neben ihm stieß ihn in die Seite. „Autsch!"

Sie warf ihm einen finsteren Blick zu, der sagte: *halt-besser-die-Klappe*. Das Thema wechselnd, richtete Meg sich an Becky: „Abbie sagt, Donna kommt bald aus ihrer Elternzeit zurück. Scheinbar hat sie jemanden gefunden, der auf ihr Baby aufpasst."

„Oh ja." Beckys Lächeln wurde breiter, dankbar für den Themenwechsel, und klang … erleichtert. Connor war der Meinung, sie hätte sich damit abgefunden, dass die ganze Stadt wusste, dass sie in seinen Bruder Ethan verliebt war. „Ihre Mutter hat entschieden, dass sie vorzeitig in Rente gehen könnte. So hat Donna eine Babysitterin, der sie vertraut, und Tuckers Bluff eine freie Stelle bei der Post."

„Das ist ja traumhaft", fügte Meg an.

„Definitiv. Wenn du nicht länger für Donna einspringen musst, kannst du dein B&B eröffnen. Es ist fast fertig, oder?"

Meg grinste bis über beide Ohren. „Ziemlich. Ich plane eine große Eröffnungsfeier für die Ortsansässigen, damit alle sich ein Bild machen können."

„Cool. Kommst du heute auch zum Mädelsabend? Wir gehen ins Boots 'n Scoots."

Meg schüttelte den Kopf. „Immer noch zu viel zu erledigen. Wie sieht's morgen mit einer Runde Poker aus? Gesellt sich jemand zu den Ladys?"

„Vielleicht." Becky zuckte mit den Achseln und

lächelte. „Wahrscheinlich."

„Sie hat mitbekommen, dass Tante Eileen Ralphs Enkelin überredet hat, mitzuspielen. Wahrscheinlich das bedeutendste Spiel der Runde, seit meine Frau in die Stadt gekommen ist", sagte Adam, streckte seine Hand aus und drückte die von Meg.

Meg lachte. „Ich warne Frank besser vor, dass er Samstag zum Mittagessen wohl doppelt so viele Leute wie üblich erwarten kann." Sie drückte die Hand ihres Mannes noch einmal und ging in die Küche des Cafés.

„Also." D.J. grinste. „Das gibt Frank sicher genügend Stoff, um die ganze Woche meckern zu können."

„Warum ist er so ein Miesepeter?", fragte Toni.

Brooks zuckte die Achseln. „Muss so eine Marotte von Marines sein."

Wie auf Kommando, räusperten sich D.J. und Connor demonstrativ. Beide hatten ihren Dienst für Uncle Sam bei den Marines abgeleistet.

„Oder auch nicht." Brooks grinste.

„Das nächste Mal gibt's ein Update über die Vorzüge des Marine Corps. Aber jetzt muss ich los." D.J. schob seinen Stuhl zurück. „Bin schon länger hier, als ich sollte." Er nahm seinen Hut und blickte durchs Café, bis er Abbie fand. Er wartete einen Augenblick, bis sie zu ihm herüberblickte, tippte seinen Hut an und lächelte.

„Ich sag's ja nur ungern", Becky stand auf, „aber ich sollte auch gehen. Ich habe Kelly versprochen, mich zu beeilen, damit sie früher gehen kann." Sie klimperte mit den Wimpern. „Heißes Rendezvous."

„Mittags?", fragte Toni.

„Nein. Zum Abendessen. Aber, du weißt ja, sich hübsch zu machen dauert." Becky schüttelte den Kopf und lachte. „Wenn ich ihre Figur hätte, müsste ich lediglich ..." Becky schaute zu den Männern in der

Runde. „Egal, ich muss los."

„Ich komme mit", sagte Toni. „Entschuldige, dass ich so schnell verschwinde, aber ich habe Teig zum Gehen warmgestellt und –"

Brooks ignorierte alle anderen am Tisch und unterbrach Toni mit einem Kuss. „Sehen wir uns später?"

„Natürlich." Sie lächelte ihn an.

Die Familiendynamik hatte sich definitiv verändert, seit Connor das letzte Mal zu Hause gewesen war. „Ihr seht glücklich aus", sagte er zu Brooks.

„Ja." Seine Augen lagen noch auf Toni, während sie das Café verließ.

Connor blickte zu Adam hinüber, der seine Frau beobachtete, wie sie einen Tisch mit Touristen bediente.

Vielleicht war es etwas im Wasser? Er schaute auf sein Glas. Oder im Eistee? „Wie lang hat es gedauert, bis ihr euch sicher wart?" Die Frage war an keinen direkt gerichtet.

Beide Brüder blickten ihn an.

Er hatte nicht einmal realisiert, dass er die Worte laut ausgesprochen hatte. Als ihm plötzlich bewusst wurde, wo sie waren, blickte er sich um, um sicher zu gehen, dass niemand in Hörweite war. Der einzige Tisch nahe genug, war zwar voll mit dreckigem Geschirr, aber ohne Gäste.

„Möchtest du etwas spezifischer werden?", fragte Brooks.

Adam fügte hinzu: „Wer ist sie?"

Brooks zog verwirrt die Augenbrauen zusammen. „Wer ist wer?"

„Um Himmels Willen!", Adam verdrehte die Augen. „Dachtest du, du und ich wären die einzigen Farradays, die sich verlieben?"

„Moment mal", Connor erhob die Hand. „Keiner hat hier etwas von verliebt gesagt."

„Doch, du", Adam wedelte mit einer Hand vor ihm herum. „Du hast gefragt, wann wir uns sicher waren. Oder meintest du wann Becky sich in Ethan verknallt hat?"

„Wir sollten das arme Ding nicht mehr damit aufziehen." Brooks zog die Schultern hoch. „Sie fragt uns schon jahrelang nicht mehr über ihn aus." Adam zog eine Augenbraue hoch und Brooks blickte verdutzt drein. „Oder erkundigt sie sich bei dir über ihn?"

Adam schüttelte den Kopf. „Nicht so oft", er wandte sich zu Connor. „über dich erkundigt sie sich auch oft, aber trotzdem."

„Mich?", fragte Connor überrascht. „Warum?"

„Wahrscheinlich, weil du, Ethan und Grace die Geschwister sind, die nicht in der Stadt wohnen. Und sie glaubt, die Sache mit Ethan wirkt weniger offensichtlich, wenn sie Gracie und dich auch ins Gespräch bringt."

Brooks schüttelte den Kopf. „Verdammt, wir klingen schon fast so wie der Tuckers-Bluff-Ladys-Verein."

Bevor einer einen Witz über tratschende Weiber machen konnte, marschierte D.J. mit dem Hut in der Hand wieder herein und steuerte direkt auf ihren Tisch zu. Ein Mann mit einer Mission. Connors Nackenhaare stellten sich auf. So wie Brooks den Polizeichef von Tuckers Bluff ansah, erwartete er wohl keine guten Neuigkeiten.

Adam richtete sich auf, bereit, aufzuspringen, falls nötig. „Was ist los?"

D.J. schüttelte den Kopf und atmete mit einem Seufzen aus. „Bin gerade benachrichtigt worden. Die Ergebnisse des Blutbilds von Jake Thomas sind da."

„Und?", fragte Brooks.

„Clean. Keine Drogen."

Adam stützte sich auf einen Ellbogen. „Ich bin mir

nicht sicher, ob das gute oder schlechte Nachrichten sind.“

„Gegen eine Sucht anzukämpfen ist nicht leicht, aber immer noch leichter als gegen Niederträchtigkeit“, war D.J.s Antwort.

Brooks neigte den Kopf und Connor konnte sehen, wie seine Gedanken in hundert Richtungen schossen. Hoffentlich konnte einer dieser Gedanken herausfinden, was so verdammt schieflief mit Jake Thomas. Und obwohl er nicht glücklich über die Probleme in der Ehe der Thomas’ war, so war er zumindest erleichtert, dass das Gesprächsthema nicht mehr um sein Liebesleben kreiste. Oder das Fehlen von selbigem.

Connor war nicht bereit, über Liebe nachzudenken. Und bestimmt nicht, wenn es um eine Frau ging, die er kaum eine Woche kannte, und die mit einer fünfjährigen Tochter und einer Menge Ballast im Schlepptau in Tuckers Bluff angekommen war. Und doch, an den letzten Abenden, an denen Catherine vorbeikam, um Stacey abzuholen, gab es nur eines, worüber er sich sicher, war – dass er sich über nichts sicher war.

Zuerst zögerte Catherine ein wenig, Eileens Angebot, nachmittags auf Stacey aufzupassen, anzunehmen, damit sie weiter die Habseligkeiten ihres Großvaters durchgehen konnte. Doch auch wenn Catherines Tochter sie nicht anlächelte oder nickte, hatte das einst so verdrießliche Kind sich verändert. Sie war unbeschwerter. Fröhlicher. Nach alledem konnte sie Stacey die Nachmittage mit einer Frau, die sich wie eine echte Großmutter um ihre Tochter kümmerte, einfach nicht verwehren.

Catherine wünschte sich nur, zu verstehen, was plötzlich mit Connor los war. Ein paar Tage schon blieb er auf Distanz. Was ihre eigene Schuld war. Sie hat nach dem Kuss nicht passend reagiert. Sie war davon ebenso überrascht worden, wie von ihrer Reaktion darauf. Sie hatte nicht vorgehabt, ihn zurückweisen. Und sie war auch nicht der Meinung, dass sie das getan hätte. Jetzt suchte sie nach einem Grund oder einer Gelegenheit, mit ihm darüber sprechen zu können. Doch alles, was er für sie hatte, war ein Nicken oder Winken aus sicherer Distanz. Er saß am anderen Ende des Esstisches und redete nur, wenn ihn jemand direkt ansprach. Die einzigen Reaktionen, die sie bekam, waren ein Nicken oder Kopfschütteln.

„Stacey hat beim Blaubeerkuchen geholfen." Eileen deutete auf zwei Kuchen, die am Fenster abkühlten.

Der verführerische Duft von frisch gebackenen Leckereien war Catherine sofort in die Nase gestiegen, als sie das Haus betreten hatte. „Riecht wunderbar. Wo ist Stacey?"

Eileen blickte zur Hintertür. „Connor pflückt mit ihr Erbsen im Garten."

„Oh." Catherine blickte aus dem Fenster und spielte mit dem Gedanken vorzuschlagen, ihrer Tochter zu helfen. Und Connor.

Wenn sie nur den verdammten Kuss aus ihrem Kopf bekommen würde. Ihr Großvater hatte seit dem Tag, an dem er die Ranch von seinem Vater übernommen hatte, kein einziges Blatt Papier weggeworfen. Und seit einer Ewigkeit hat er keine Dokumente und Rechnungen mehr sortiert oder abgeheftet. Obwohl es ihr viel Konzentration abverlangte, alles durchzugehen, ertappte sie sich immer wieder dabei, wie sie an

Connors Arme um ihre Taille, an seine starke Hand auf ihrem Po und seine verführerischen Lippen auf ihren dachte. Nur um aus ihrem Tagtraum aufzuwachen und zu erkennen, dass sie noch mehr Durcheinander verursacht hatte als zuvor.

Mit einem Körbchen voller Erbsen in der Hand kam Stacey lächelnd herein. Ihre Knie waren voller Dreck und ihr Rock staubig und Catherine fragte sich, wie der Garten von Tante Eileen wohl aussah.

Grinsend kam Connor hinter ihrer Tochter herein, ebenso dreckig und staubig. Catherine stellte sich vor, wie viel Spaß es machen würde, ihn aus diesen dreckigen Klamotten zu befreien. *Verdammt!*

Connor hatte gesagt, dass es ihm leidtat, sie geküsst zu haben. Sie war sich nicht sicher, ob nur Ritterlichkeit aus ihm gesprochen hatte, oder ob er es tatsächlich bereute. Nicht, dass ein Kuss etwas bedeuten musste. Aber ein Kuss führte zum nächsten und mehr Küsse führten zu mehr Berührungen, bis sich zwei Menschen verschwitzt auf einem Laken wiederfanden. Sie dachte nicht, dass es keinen heterosexuellen Mann gab, der nicht gerne mit einer Frau intim wurde. Irgendeiner Frau. Aber vielleicht reizte eine Frau wie sie ja nur Männer in Anzügen.

„Die nehme ich. Ihr zwei wascht euch." Eileen nahm Stacey die Erbsen ab und grinste ihren Neffen an. Doch was Catherine nachdenken ließ, was sie nach der Beerdigung mit ihrem Leben machen sollte, war das kurze Lächeln das Stacey Ms. Eileen zuwarf.

„Ich sollte ihr helfen." Catherine drehte sich um, um Stacey zu folgen.

„Nicht nötig." Eileen lächelte beruhigend. „Ich habe saubere Sachen aufs Bett gelegt. Ich hoffe das ist dir recht. Ich habe noch ein paar Sachen in den Schränken gefunden."

Catherine schüttelte den Kopf. In ihrer Welt wäre

es ihr nicht passiert, dass sie gebrauchte Kleider angenommen hätte. Doch hier, wo ihre Tochter sprichwörtlich aufblühte wie ein Weihnachtsbaum, wenn sie rosafarbene Cowboystiefel, einen winzigen Gürtel mit silberner Schnalle und abgetragene Jeans sah, nur her damit. „Danke.“

Connor machte einen weiten Bogen um sie und Catherine ging einen Schritt zurück. Sie wollte ihm all den Freiraum geben, den er brauchte. Zumindest solange, bis sie wusste, was sie mit Stacey machen sollte. Und bis sie wusste, wie lange sie in Tuckers Bluff bleiben würde, hatte sie vielleicht auch eine Idee, was sie mit Connor Farraday machen sollte?

KAPITEL FÜNFZEHN

„**D**u musst ihrer Mama sagen, was du vorhast." Sean Farraday goss sich ein Glas Milch ein, das zusammen mit den Eiern und dem Pfannkuchen auf seinem Teller sein Frühstück werden sollte.

„Noch nicht", warf Eileen ein. „Catherine ist noch zu launisch, wenn es um das Ranch-Leben geht. Sie würde sich das Kind schnappen und mit ihr nach Hause fliegen, wenn sie wüsste, was Connor macht."

„Sean stopfte sich eine Gabel Rührei in den Mund. „Es ist ihr gutes Recht. Sie ist ihre Tochter."

Eileen wandte sich an Connor. „Was meinst du?"

„Ich denke, es ist leichter, um Vergebung zu bitten, als um eine Erlaubnis." Connor nahm eine Schüssel mit Haferbrei. „Aber Dad hat Recht. Ich kann das nicht ewig heimlich machen. Ich war mir sicher, Catherine würde herausfinden, dass wir nicht nur Erbsen pflücken waren, als sie gesehen hat, wie dreckig wir waren."

Finn war spät dran, nach seiner Sonntagmorgen-routine und nickte allen zu. Dann schnappte er sich einen Teller von der Anrichte und setzte sich zu ihnen an den Tisch.

Sean nahm die Unterhaltung neu auf. „Ich nehme an, gestern lief es gut?"

Die Erinnerung an die kleine Stacey, die ihn über ihre Schulter angrinste, jedes Mal, wenn sie um ein Fass ritten, ließ ihn von innen heraus strahlen. „Mehr als gut. Stacey liebt alles an den Pferden." Und er hatte sie gerne bei sich im Sattel. „Wir sind zwar kaum bis zum Traben gekommen, aber jedes Mal, wenn wir gewendet haben, hat sie nach der Fahne gegriffen." Das lächelnde Gesicht würde ihm auf ewig im Gedächtnis bleiben. „Sie liebt es wirklich."

„Und du denkst, deshalb lächelt sie uns an." Sean stellte sein leeres Glas in die Spüle.

„Das tue ich. Denk mal darüber nach. Ein Teil von Staceys Problemen rührt von dem Kontrollverlust nach dem Unfall her. Neben anderen Dingen. Sie konnte ihren Vater nicht aufwecken. Mit mir auf dem Pferd zu sitzen, die Zügel zu halten, ist befreiend für ein kleines Kind, das plötzlich die Kontrolle über ein tausend Pfund schweres Pferd hat. Aus dem ruhigen und zurückgezogenen Kind wird ein lächelndes, fröhliches Mädchen, wenn sie bei den Pferden ist. Und sieh dir an, wie oft sie uns anlächelt."

„Und sie summt öfters." Finn schnappte sich einen Keks und bemerkte, wie ihn alle ansahen. „Was? Ich mag die Kleine. Sie ist niedlich. Und ja, sie scheint sich hier wohl zu fühlen."

„Ich muss zugeben", Eileen blickte zur Haustür wo Catherine und Stacey jeden Moment auftauchen sollten, „selbst ich hätte nicht so schnell mit einer Veränderung gerechnet."

„Ich schon." Connor deutete mit seiner Gabel herum. „Ich habe mich in Pferdetherapie eingelesen und es ist faszinierend, wie der Umgang mit Pferden Menschen mit psychischen oder emotionalen Beschwerden helfen kann. Kinder, Erwachsene, die Statistiken sind unglaublich."

Sean nickte. „Was ist der Plan für heute?"

„Ich dachte, sie darf heute allein auf dem Pferd sitzen. Ich werde sie führen. Mal sehen, wie sie sich anstellt."

„Welches Pferd?", fragte sein Vater.

„Das Palomino. Princess."

Sean nickte. „Gute Wahl."

Zwischen Teller und Mund blieb Tante Eileens Gabel in der Luft stehen. „Wäre ein Pony nicht besser?"

„Nein. Ponys können hinterhältige Biester sein." Connor lächelte. „Princess ist mit nicht einmal anderthalb Metern klein für ein Quarter Horse. Eine gute Größe für einen Reitanfänger."

„Diese Stute ist wirklich sanftmütig, Eileen. Alle Kinder lieben sie", bestätigte Sean. „Aber ich sage euch, ihr müsst es ihrer Mutter sagen. Wer haftet, wenn ihr etwas passiert?"

„Sean. Denk nicht mal dran." Tante Eileen deutete mit ihrer Gabel auf ihn.

„Sie mich nicht so an. Die Kinder sind schon wirklich von allem gefallen, von Schafen bis hin zu Pferden. Mehr als einmal. Und sie sind alle noch bei uns. Aber du weißt genau wie ich, was Connor da tut, ist nicht nur das kleine Pferde-Einmaleins. Er trainiert die Kleine für die Teilnahme an einem Wettbewerb mit Kindern, die praktisch auf dem Rücken dieser Tiere aufgewachsen sind. Und ich kenne kein Kind, das sich nicht wenigstens eine Schramme während des Trainings geholt hat."

Tante Eileen presste die Lippen aufeinander und blickte zu Connor. „Versprich, dass du nicht zulassen wirst, dass diesem Kind etwas – irgendetwas – passiert."

Wie zur Hölle sollte er so etwas versprechen?

„Komm schon Tante Eileen." Finn goss sich ein Glas Saft ein. „Connor setzt sie ja nicht auf ein Rodeo-Pferd. Er ist so vorsichtig, wie es eben geht. Nicht, dass mich jemand nach meiner Meinung gefragt hätte, aber ich stimme Connor und dir zu. So wie sich der

Sprössling bei den Pferden entwickelt, sollte sie ihrer Mutter bald selbst sagen können, was sie vorhaben."

Ihr Vater schüttelte den Kopf und stand vom Tisch auf. „Es ist deine Entscheidung, mein Sohn. Aber denk daran, nichts wäre dümmer, als sich mit einer Mutter anzulegen." Sean blickte Connor eindringlich an. „Die Arbeit ruft."

Finn wandte sich zu seinem Bruder, zuckte mit den Schultern und stand dann ebenfalls auf. „Warte, Dad. Ich komme mit."

Es klingelte und gleichzeitig schwang die Haustüre auf. Kleine Füße tapsten den Hartholzboden entlang. Die Schritte ihrer Mutter folgten. Mit einer weiteren Zeichnung in der Hand, von der er annahm, es sollte seinen kastanienbraunen Pharaoh darstellen, zupfte Stacey an Connors Ärmel.

Er beugte sich zu ihr hinunter und hob sie in seine Arme „Was haben wir denn da?"

Sie grinste ihn breit an und hielt ihm das Bild vors Gesicht und Connor nahm das wertvolle Geschenk entgegen.

„Das schönste Bild von Pharaoh, das ich je gesehen habe. Danke, Schätzchen." Er drehte das Bild, sodass Catherine und seine Tante es betrachten konnten. Als ihm geweitete Augen entgegenblickten, erschrak er und hob Stacey vorsichtig von sich weg, um sie anzusehen und sich zu versichern, dass er sie nicht versehentlich mit seiner Gürtelschnalle gekratzt oder zu fest gepackt hatte. Als er nichts erkannte, wanderte sein Blick nach oben in Staceys immer noch lächelndes Gesicht. Alles in Ordnung. Also warum schauten ihre Mutter und seine Tante, als hätten sie ein Gespenst gesehen? „Was ist los?"

Tante Eileen schüttelte den Kopf und statt etwas zu sagen, kroch ein zartes Lächeln auf ihr Gesicht.

Verwirrt blickte Connor zu Catherine.

„Sie", Catherine rang nach Luft und atmete dann langsam aus, „sie wollte, dass du sie hochhebst."

Connor nickte.

„Sie hat an deinem Ärmel gezupft."

Er nickte wieder, verstand nicht, was Catherine … und dann ging ihm ein Licht auf. Er hatte noch nie gesehen, dass Stacey kundtat, was sie wollte. Sie *sprach* nicht nur nichts, sondern bat auch auf keine andere Weise um etwas. Sie hatte noch nie auf etwas gezeigt, was sie wollte. Die meiste Zeit mussten ihre Mutter und seine Tante raten und hoffen, dass sie richtig lagen.

Heilige Scheiße, das war gewaltig. Seine Mundwinkel hoben sich aus purer Freude.

Oh ja. Catherine konnte unmöglich sauer sein, wenn er ihr schließlich sagen würde, was er vorhatte. Vielleicht.

Mit Eileens lockeren Scherzen, den Geschichten über Grace' Erfolge beim Barrel-Racing und Catherines wandernden Gedanken darüber, wie sehr Stacey sich seit ihrer Ankunft in West-Texas geöffnet hatte, kam ihr die Fahrt mit Eileen in die Stadt, viel kürzer vor als die Woche zuvor.

Eileen hatte sie zum Treffen des Tuckers-Bluff-Ladys-Verein mitgenommen. Nun saßen sie an einem der hinteren Tische des Silver Spurs Cafés und Catherine dachte daran, welche schöne Tradition diese Frauen doch pflegten und wie lange es diesen Verein wohl schon gab.

„Du solltest eines von Tonis Kuchenbällchen versuchen. Die schmecken fantastisch." Tante Eileen teilte eine weitere Runde verdeckter Karten aus. „Auch wenn in den Törtchen fürs Café nicht so viel Wumms ist."

„So viel Schnaps ist in den anderen auch nicht." Sally May blickte auf ihre neue Karte.

„Ich denke, an besagtem Abend war es etwas zu viel." Dorothy kicherte leise. „Aber wir hatten unseren Spaß."

„Allerdings." Becky, Dorothys Enkelin wartete auf ihre nächste Karte und nickte. „Ich komme zu den Farradays, um euch abzuholen in der Annahme, dass ich ein paar Freundinnen vorfinde, die einen schönen Pokerabend hatten. Aber nein. Was ich vorfinde ist ein toter Mann in der Scheune und euch vier aufgekratzte Hühner, die von den beschwipsten Törtchen so voll sind, dass sie seltsame Lieder trällern und so lautstark lachen, dass sie sich fast eingenässt hätten."

Toter Mann in der Scheune? Catherine blickte in die Runde. Eine der Damen spielte mit ihren Chips, die nächste nippte an ihrem Glas. Die anderen blickten in ihre aufgefächerten Karten, eine mit einem Lächeln, die andere mit hoch gezogenen Augenbrauen. Aber keine von ihnen wirkte betroffen wegen des Gesprächs über einen Toten. „Darf ich es wagen, zu fragen?"

Eileen blickte in ihre Richtung. „Ach, naja."

Dorothy schüttelte ihren Kopf in Richtung ihrer Enkelin.

„Lange Geschichte", fügte Sally May hinzu, ohne sich über das Gesprächsthema zu wundern und warf einen Chip in die Mitte des Tisches. „Ich gehe mit."

„Ich bin raus." Dorothy schob ihre Karten zusammen. Kreuz Drei, Karo Acht und ein Herzkönig waren nicht sehr vielversprechend und was sie auf der Hand hatte, schien daran auch nicht viel geändert zu haben. „Kein Grund, bei solchen Karten zu bluffen."

Catherine wartete darauf, dass eine die Sache mit dem Toten aufklärte. Eine Leiche auf der Ranch, auf der ihre Tochter gerade von einem Mann beaufsichtigt wurde, der seit Tagen nicht mehr als zwei Worte mit ihr gewechselt hatte.

Eileen schielte auf die offenen Karten, nickte und grinste. „Ich bin dabei." Dann wandte sie sich zu Catherine. „Traurige Situation. Tonis fast Ex-Mann spionierte ihr hinterher, als ein Ast auf ihn fiel."

„War sofort tot", sagte Dorothy.

„Genickbruch", fügte Sally May hinzu.

Catherine blickte zu Becky, die einen Chip auf den Tisch warf und damit klar machte, dass auch sie mitging. Dann wandte sie sich zu Catherine. „Er war ein mieser Dreckskerl. Aber ich nehme an, wären sie nicht von Tonis saftigen Törtchen beschwipst gewesen, wäre die Sache etwas … respektvoller abgelaufen."

„Respektvoll, von wegen." Sally May schüttelte den Kopf. „Männer wie er verdienen es, ihr bestes Stück geteert und gefedert zu bekommen."

„Mehrmals", fügte Dorothy an.

Und sie wirkten alle so nett, als das Spiel begonnen hatte.

„Entschuldigt die Verspätung." Eine kurvige jüngere Frau setzte sich auf einen leeren Stuhl und blickte in Catherines Richtung. „Ich bin Kelly."

„Freut mich, ich bin Catherine."

„Also?" Becky schaute den Neuankömmling erwartungsvoll an.

„Nicht viel zu erzählen." Kelly stellte ihre Tasche ab und zählte ihre Chips. „Der Kerl bewies Rhythmus auf der Tanzfläche. Wir haben stundenlang getanzt. Die Gespräche waren auch nicht schlecht. Ich hatte Bedenken, weil er noch zuhause wohnte, aber in diesem Teil des Landes …"

Becky und die anderen Frauen nickten, als würde diese Erklärung Sinn ergeben und keiner Nachfrage bedürfen.

„Ich erkenne da ein weiteres *aber*", sagte Eileen.

„Ja. Der Typ küsst wie ein ertrinkender Fisch."

„Wie kann ein Fisch ertrinken?" Dorothy hörte auf, die Karten zu mischen.

„Ich weiß nicht, aber so küsste der Kerl. Es war feucht und schlabbrig und seine Lippen waren überall. Und nicht auf gute Weise. Ich war nicht sicher, ob er nach Luft rang oder Mamas Nippel suchte."

„Igitt." Becky erschauderte.

„Ja. Mehr gibt es nicht zu erzählen."

„Nun, wenn er ein netter Kerl ist ..." Dorothy begann wieder, die Karten zu mischen, doch alle Köpfe am Tisch drehten sich mit demselben Gesichtsausdruck zu ihr.

„Sei nicht albern, Dorothy. Wenn der Mann nicht küssen kann, wird er ihr im Bett auch nichts bieten können. Und wenn nicht mal ein paar gute Jahre im Bett dabei rausspringen, wofür braucht sie den Kerl dann?"

Das war wirklich nicht die Art Unterhaltung, die sie erwartet hätte.

„Findest du nicht auch?" Sally May blickte zu Catherine.

Was sollte sie dazu sagen? Sofort musste sie an ihren ersten und einzigen Kuss mit Connor denken. Ja, sie hätte nichts dagegen, herauszufinden, was diese Lippen noch so anstellen konnten. Sofort wurden ihre Wangen heiß und sie errötete.

„Seht ihr", sagte Sally May. „Catherine sieht es genauso."

„Ich würde mir mehr Sorgen wegen des noch-zuhause-wohnen-Teils machen." Dorothy legte den Stapel Karten ab.

„Warum?" Eileen hob ab. „Finn und Connor wohnen auch noch zu Hause."

„Nun, natürlich wohnt Finn zu Hause, er ist zwar

der jüngste, aber seit er zum ersten Mal im Sattel saß es ist ihm bestimmt, die Ranch zu übernehmen."

Ein breites Lächeln machte sich in Eileens Gesicht breit. „Er wird sich gut als der Erbe machen, ungeachtet der Geburtenfolge."

„Und Connor hat die letzten Jahre auswärts verbracht. Der einzige Grund, warum er wieder da ist, sind seine Kaufpläne für die –" Sally May stoppte abrupt. Sie richtete ihren Blick auf den Boden und blickte verlegen zu Eileen, die stocksteif dasaß.

Die Dynamik dieser Gruppe zu sehen, brachte Catherine fast zum Lächeln. Diese Damen waren wirklich ein interessanter Haufen.

„Er möchte seine eigene Pferde-Ranch kaufen", beendete Sally Mays Satz.

„Ja." Catherine nickte. „Das hat er erwähnt."

„Ach ja?", Eileens Stimme klang höher und Sally May blickte sie mit einem Blick an, der alles von *hab-ich's-doch-gesagt* bis *was-ist-dein-Problem* alles bedeuten könnte. Catherine kannte die beiden Damen nicht gut genug, um eine Vermutung anzustellen.

„Ja, er hat auf einer Ölplattform gearbeitet, um Geld zusammenzusparen."

„Er hat auf den Feldern angefangen." Eileen betrachtete ihre Karten. „Dann ist er an die Küste gezogen, um auf den Ölbohrinseln zu arbeiten. Hat dort gut verdient."

„Es ist sicher teuer, genug Land für eine Ranch zu kaufen?"

„Kommt darauf an, wo man kauft und was", warf Dorothy ein. „Ist Wasser oder ein Fluss in der Nähe? Dann wird es mehr kosten, denn so viele Flüsse haben wir hier in der Gegend nicht. Ist es Grasland oder eher trocken? An manchen Orten, wo es viel Weidefläche gibt, kann man eine Kuh auf einem Hektar Land großziehen. In diesem Teil des Staates braucht ein

Rancher etwa vierzig Hektar. Das variiert alles und beeinflusst den Preis erheblich.

„Was Connor viel kosten wird, sind die Zuchttiere. Ein gutes Pferd kann ein kleines Vermögen kosten. Ein paar besitzt er bereits. Aber bei seinen Plänen wird er mehr brauchen.“

„Und das kostet.“ Catherine dachte, sie hätte verstanden.

„Gewaltig“, klinkte sich Becky in das Gespräch ein. „In der Tierarztpraxis schnappt man so einiges auf. Die Preise, die manche Rancher für Zuchthengste verlangen, sind Irrsinn.“

„Also ist alles, was Connor daran hindert loszulegen, die richtige Ranch zu finden?“

Alle Augen am Tisch blickten sie an. Nicht so, wie sie es hatten, als sie ihr den Unterschied zwischen Seven Card Stud und Texas Hold’em erklärten. Eher, als wüssten sie etwas, dass sie nicht wusste. Und das machte sie hibbelig. Lächerlich. Wirklich albern. Aber trotzdem ein unangenehmes Gefühl.

„Hast du vor, nach der Beerdigung morgen noch länger hierzubleiben?“, fragte Sally May. Dieses Mal spürte Catherine die Bewegung unter dem Tisch, als Eileen Sally May einen Tritt gegen ihr Schienbein gab.

„Ich denke schon.“

Wieder drehten sich alle Köpfe in ihre Richtung.

„Meiner, ähm, Tochter gefällt es hier sehr. Viel hängt von meiner Arbeit ab.“ Angenommen, sie hatte noch einen Job, wenn sie am Dienstag nicht auftauchen würde.

Alle Köpfe nickten und langsam wandte sich die Aufmerksamkeit wieder den Karten auf dem Tisch zu. Die Härchen in Catherines Nacken fingen an, sich aufzustellen. Nennt es verrückt, nennt es paranoid oder nennt es Bauchgefühl. Aber diese Frauen wussten mit Sicherheit mehr, und sie wollte verdammt nochmal wissen, was es war.

KAPITEL SECHZEHN

Conner sah sich in dem das historische Gebäude um und erkannte praktisch jeden Einwohner der Stadt, der älter als fünfunddreißig war. Einfach alle, die sich an den alten Brennan erinnerten, waren zu seiner Beerdigung gekommen.

Als er noch ein Kind gewesen war, war der allwöchentliche Kirchenbesuch eine Art Familienritual gewesen. Jeden Sonntagmorgen war die Familie in gebügelten Hemden und Hosen in die Stadt gefahren und hatte eine komplette Reihe in der Kirche besetzt. Familien mit vielen Kindern hatten praktisch Stammplätze. Die dritte Reihe von vorne auf der linken Seite, war die der Farradays gewesen. Die Sullivans, die Bradys, die Rankins, sie alle hatten ihre eigenen Reihen. Ranch-Familien hatten für gewöhnlich die meisten Kinder. Die Väter hatten immer gescherzt, sie wären billige Arbeitskräfte. Je größer die Ranch, umso mehr Hände wurden gebraucht. Als Kind, bevor er alt genug war, um eine wirkliche Hilfe zu sein, hatte er gelernt, was zu tun war, indem er Adam und Brooks zugesehen hatte. Seine beiden älteren Brüder trennten zwei Jahre, aber zwischen Brooks und ihm lagen lediglich dreizehn Monate.

D.J. kam zu ihm. Mit leicht offenen Beinen und hinter dem Rücken verschränkten Arme sah er aus, wie nach dem *Rührt euch*-Befehl beim Militär. Eine Pose, die ein Mann, der vier Jahre bei den Marines gedient hatte und dann zur Polizei gewechselt war praktisch automatisch einnahm. „Ich mag Beerdigungen noch immer nicht.“

Connor nickte. Keiner von ihnen mochte sie. Sie hatten nur wenige Erinnerungen an ihre Mutter und die lagen weit zurück. Doch die, die er hatte, hielt er in seinem Gedächtnis, in seinem Herzen in Ehre. Manchmal, an einem klaren, windigen Tag, wenn er an genau der richtigen Stelle stand und die alte Eiche ansah, wo seine Brüder und er sich so oft Streiche hatten überlegt, konnte Connor seine Mutter hören, wie sie sie zum Abendessen rief. Adam, Brookstone, Connor, Declan, Ethan. Abendessen und Sonntagmorgen waren immer die Zeit für ihre vollen Namen. An Tagen, an denen sie etwas angestellt hatten, wurden sie sogar an die vollen Namen auf ihren Geburtsurkunden erinnert: Adam Sean, Brookstone Ryan, Connor Mathew, Declan James, Ethan Patrick. Mit gerade einmal drei Jahren, als seine Mutter starb, war Finn nie in den Genuss gekommen, zu hören, wie seine Mutter mit ihren geballten Fäusten an der Taille seinen vollen Namen rief. Aber Tante Eileen hatte gute Arbeit geleistet, Finnegan George und Grace Maureen in ihre Schranken zu weisen.

Es gab keine einzige Beerdigung in den letzten zwanzig Jahren, die ihm keinen Stich in sein Herz vorsetzte und ihn die Stimme seiner Mutter hören ließ. *„Ich liebe dich, mein kleiner Junge.“* Sie waren alle ihre kleinen Jungs gewesen.

„Es ist nie einfach.“ Sean Patrick Farraday trat neben seine Söhne. „Catherine und Stacey sind da. Tante Eileen ist mit ihnen hergefahren.“

„Ich dachte, du wolltest sie herbringen?“

„Sie bestand darauf, selbst zu fahren. Eileen hat ihre Magie spielen lassen und sich einen Platz in ihrem Auto erschlichen.“

Connor spürte ein Lächeln auf seinen Lippen. „Tante Eileen ist ziemlich gut in sowas."

„Das ist sie." Sein Vater nickte. „Das ist sie."

Connor konnte vom Vorraum, wo er stand, gerade so sehen, dass Catherine sich innerhalb der Kirchentür befand und nach vorne gebeugt mit Stacey sprach. Das kleine Mädchen reagierte nicht und blickte wie vereist geradeaus. Es erinnerte ihn an ihre ersten paar Tage auf der Ranch. Und das gefiel ihm keineswegs. Stacey konnte Beerdigungen offenbar auch nicht viel abgewinnen. Zwei Schritt nach vorne, einen zurück.

Connor bemerkte, wie Catherine immer blasser wurde und war hin- und hergerissen, ob er zu ihr eilen und irgendwie helfen sollte oder ob er auf seinem Platz bleiben sollte, wo er hingehörte. In dem Moment, in dem Catherine den Mittelgang betrat, wanderte ihr Blick ans andere Ende der Kirche. Das Ziel ihres angestrengten, trauernden Blicks war der schlichte Sarg, den Ralph schon vor Jahren ausgesucht und bezahlt hatte. Zur Hölle.

Sie drückte Staceys Hand etwas zu fest als sie hätte sollen und ging langsam den Kirchengang entlang. Der Pastor hatte ihr erklärt, dass die vorderen Reihen für die Familie reserviert waren. Sie hatte versucht, zu erklären, dass Stacey und sie seine einzigen Verwandten waren. Der einzige Bruder ihres Großvaters war in einem der Kriege ums Leben gekommen. Unverheiratet. Es hatte vielleicht eine Schwester gegeben. Sie war nicht sicher. Sie und ihre Mutter waren beide Einzelkinder gewesen. Nur Töchter. Und auch Catherine hatte nur ein Kind.

Auf halbem Weg konnte sie das leise Murmeln

weiterer eintreffender Trauergäste hören und doch wirkten die Bänke bereits voll. Wie viele Leute hatte ihr Großvater gekannt? Hatten all diese Leute ihn gemocht? Ein gedämpftes Schniefen drang in ihr Ohr und sie wandte sich nach links. Eine ältere Dame, der Catherine noch nie zuvor begegnet war, hielt sich ein Taschentuch an ihre Augen. Ein großer Mann, dem der Stolz und die Stärke jahrlanger Landarbeit ins Gesicht geschrieben war, legte ihr einen Arm um die Schultern und tröstete sie. Auch in den anderen Reihen sah sie viele trauernde Gäste. Der Schmerz des Verlustes war noch da, doch nicht mehr so schwer zu ertragen.

Im vorderen Bereich der Kirche entdeckte sie die zwei reservierten Bankreihen. Ihr wurde schwer ums Herz bei dem Gedanken, dass Stacey und sie so isoliert von dem restlichen Meer aus Leuten sitzen würden. Eine zweiköpfige Familie. Erst nachdem sie ihrer Tochter gezeigt hatte, wo sie sitzen sollte, bemerkte sie die gedämpfte Stimme, die sie aufforderte, etwas zu rutschen. Connor war ihr in die Bankreihe gefolgt.

Sie blickte ihn an, aber ihre Füße bewegten sich nicht, während ihr Verstand ihren unkooperativen Beinen Anweisungen gab.

„Noch ein Stückchen weiter", flüsterte er in ihr Ohr.

Als sich ihre Füße endlich bewegten, sah sie Sean Farraday und Tante Eileen von der anderen Seite näherkommen. Eingerahmt von Connor und seiner Familie, waren Catherine und Stacey nicht mehr allein.

Der Klang weiterer Schritte kam näher. Mehr Gäste. Sanft begann die Orgelmusik zu spielen. Oder spielte sie schon die ganze Zeit? Die Schritte kamen fast direkt neben ihr zum Stillstand. Sie drehte den Kopf und blickte über ihre Schulter. Der Rest des Farraday-Clans zwängte sich in die Reihe hinter ihnen. Adam Stand am Gang und ließ Finn, Brooks, Toni und

Meg hinein, bevor er sich ans Ende der Bank setzte.

Nein. In Tuckers Bluff würde kein Brennan allein gelassen.

Die Worte des Predigers, Sean Farradays Trauerrede und all die Beileidsbekundungen schwirrten in Catherines Kopf umher. Hätte sie jemand gefragt, wie sie von der Kirche in diesen großen Raum gefüllt mit Tischen, Stühlen, Menschen und genug Essen, um halb Texas zu verköstigen, gekommen war, hätte sie nicht gewusst, was sie antworten sollte.

„Du siehst aus, als ob dir etwas frische Luft guttun würde", drang Connors Stimme zu ihr durch.

Das klang wundervoll. Sie blinzelte und suchte den Raum ab.

„Stacey ist bei Toni."

Catherines Blick fand ihr kleines Mädchen, deren Hand fürsorglich von der Hand einer hübschen Blondine gehalten wurde. Die andere Hand dieser Frau wurde ebenso liebevoll von einem weiteren der Farraday-Brüder gehalten.

„Ich verstehe das nicht. Dass Stacey die Hand deiner Tante nimmt ergibt noch Sinn, aber wir kennen Brooks' …" Catherine war nicht sicher, in welchem Verhältnis Brooks zu Toni stand, aber ganz offensichtlich war Liebe im Spiel. Catherine war schnell aufgefallen, dass jeder eine Art Etikett bekommen hatte; Adams Frau, Brooks' Arzthelferin, Eileens Freundin. Aber Toni war ihr als alte Freundin von Meg vorgestellt worden, obwohl jeder Idiot die enge Beziehung zu Brooks sehen konnte.

„Um sich mit ihr anzufreunden, hat Toni ihr erzählt, dass sie ein Baby erwartet. Das hat wohl eine sofortige Verbindung zwischen ihnen aufgebaut."

„Und das erklärt auch, warum meine Tochter auf ihren flachen Bauch starrt."

Connor schmunzelte. „Ich denke schon."

„Sie kann noch nicht weit sein."

„Nein." Er fasste sie sanft am Ellbogen. „Es gibt einen sehr schönen Garten, in dieser Richtung."

Überzeugt, dass Stacey in guten Händen war, folgte Catherine Connors Führung. „Oh, wow."

Der kleine Hinterhof war ein botanisches Paradies inmitten kargen Weidelands. Ein kräftig grüner Rasen grenzte an einen mit Sträuchern gesäumten Zaun mit Farbtupfern bunter Blumen dazwischen. In der Mitte ragte eine massive Eiche auf, die ein schattiges Dach über eine Steinbank warf.

„Es ist schwer, hier nicht im Reinen mit sich selbst zu sein." Connor schob sie zu dem Baum hin.

„Danke." Catherine setzte sich auf die steinerne Bank. „Das habe ich jetzt gebraucht."

„Dachte ich mir." Connor setzte sich neben sie. „Erst wollte ich Messwein klauen. Father Tim hätte sicher nichts bemerkt, aber so sicher, wie ihr Name Eileen Callahan ist, hätte meine Tante es herausgefunden."

„Schon gut. Ich bevorzuge ohnehin Weißwein."

Connor neigte seinen Kopf zur Seite und Catherine hatte das Gefühl, dass er sich die Situation einprägte.

„Als ich ein paar Geschichten meiner Mutter gelesen habe, hat mich das daran erinnert, wie gern auch ich geschrieben habe, als ich noch jünger war."

„Das ist schön. Eine Verbindung zu deiner Mutter."

Genau das hatte sie auch gedacht. „Ich habe gestern eine Geschichte geschrieben." Warum hatte sie ihm das erzählt?

„Wirklich?" Sein Mundwinkel formte das entspannte Lächeln, das alle Farraday-Brüder zu haben schienen. Doch nur das von Connors schaffte es, sie irgendwie nervös zu machen.

„Wirklich. Aber nichts für einen Pulitzer Preis."

„Worum geht es?"

Nun, jetzt kam sie nicht mehr aus. Sie hatte damit angefangen. „Den ersten Kuss eines Mädchens.“

Das sanfte Lächeln wuchs zu einem ausgewachsenen Grinsen heran und Catherines Herz machte einen Salto. „Erzähl mir mehr.“

Selbst schuld. „Ist langweilig.“

„Die Geschichte oder der Kuss?“ Ein neugieriges Funkeln tauchte in seinen Augen auf.

„Es ist Fiktion.“

„Aha.“

„Ist es.“ Sie widerstand dem Drang, ihre Arme zu verschränken und mit dem Fuß auf den Boden zu stampfen. „Glaub mir. Die meisten Erster-Kuss-Geschichten sind frei erfunden. Wenn der Autor nicht gerade über eine verkantete Zahnspange schreibt, ist es kaum der Mühe wert, die Geschichte zu lesen.“

„Ich weiß nicht.“

„Erinnerst du dich an deinen ersten Kuss?“

Connor nickte. „Du?“

„Du zuerst.“

„Also erinnerst du dich?“

Sie stampfte zwar nicht mit dem Fuß auf, aber verschränkte die Arme.

„Patty Cantrel“, sagte er. „Es war hinter der Scheune bei den alljährlichen Ranch-Spielen.“ Connor hielt inne. Sein Blick schweifte ab und er musste grinsen. Dann schaute er wieder zu Catherine. „An dem Tag war ich in allen Disziplinen im Finale. Es war der Wahnsinn. Patty hat mir gratuliert und ich spitzte die Lippen und gab ihr einen Kuss.“ Er grinste. „Ich war acht.“

Catherine lachte. Das war nicht, was sie erwartet hatte. „Du warst schon früh ein Schürzenjäger.“

Connor zuckt mit den Achseln und schüttelte den Kopf. „Nicht wirklich. Wir hatten alle die eine oder andere Freundin auf der High School. Aber ich glaube

Brooks war der erste, der die Regel aufstellte, kein Mädchen von hier zu daten. Zumindest nicht nach dem High School-Abschluss. Er war zu der Zeit mit einem Mädchen, das im Café arbeitete, zusammen. Nachdem er Schluss gemacht hatte, wurden wir alle nicht mehr vernünftig bedient. Ich habe mich oft gefragt, ob sie auch auf unser Essen gespuckt hat. Diese Regel machte also Sinn."

„Tut es das noch immer?"

„Hat bisher ganz gut funktioniert." Connor neigte seinen Kopf etwas nach hinten, um ihre Augen besser sehen zu können. „Was ist mit dir. Erster Kuss?"

Catherine verdrehte die Augen. „Ich hatte gehofft, du hättest es vergessen."

„So schlimm?"

„So unbedeutend. Johnny Tallon. Siebte Klasse. Ich war früh entwickelt und jemand wettete mit ihm, dass er sich nicht traut, mich zu küssen. Er hatte keine Ahnung, was er tat." Sie kicherte. „Zu seinem Glück hatte ich das auch nicht."

„Ein Jammer."

„Willst du damit sagen, Patty Cantrel hat deine Welt mit acht Jahren auf den Kopf gestellt?"

Connor lachte und schüttelte den Kopf. „Ehrlich gesagt wunderten wir uns beide danach, warum die Leute im Fernsehen, so wild darauf waren, sich zu küssen."

„Ich schätze, du weißt es mittlerweile." Voll ins Fettnäpfchen. Warum war sie bei ihm so verdammt ehrlich?

„Und du etwa nicht?" Eine Augenbraue hob sich und das Funkeln von zuvor tauchte wieder in seinen Augen auf.

Ach was zum Teufel. Sie nickte.

Connors Blick richtete sich in die Ferne, dann wieder zurück. Seine Hand bewegte sich zu ihrer und dieses verdammte Knistern zwischen ihnen tauchte wieder auf. Es wanderte ihren Rücken hinunter und machte sich in ihrem Bauch breit. Er schloss seine Augen und atmete tief ein. Dann blickte er tief in ihre Augen. „Also, weiß ich es?"

Die eine Hand behielt er bei sich, die andere drückte die ihre. Ihre Lippen trafen sich. Ein zarter, süßer Kuss, der ihr den Atem raubte und sie dahinschmelzen ließ. Ihr Herz pochte wild und ihre Gedanken schweiften in die Ferne. Ein Lauffeuer breitete sich in ihr aus. Alles nur wegen seinem Kuss. Viel zu schnell lösten sich seine Lippen wieder von ihren. Ihre Brust hob sich von tiefen Atemzügen und leises Stöhnen erfüllte die Luft.

Er lehnte seine Stirn an ihre und drückte ihre Hand. „Wenn Tante Eileen auf Stacey aufpasst, würdest du mir die Ehre erweisen, heute Abend mit mir Essen zu gehen?"

Catherine nickte, ihre Stirn noch immer an seiner.

„Und vielleicht mit mir zu tanzen?"

Sie nickte erneut. Sie nahm an, er würde nicht an denselben Tanz wie sie denken. Aber andererseits, vielleicht doch.

KAPITEL SIEBZEHN

Ein Date. Ein richtiges, echtes Date. Kein Abschleppen in einer Bar. Nicht eine der vielen Groupies, die wochenlang darauf gewartet hatten, bis die Männer von der Ölbohrinsel nach Hause kamen, um ein wenig – oder auch etwas mehr – Spaß zu haben. Er würde mit Catherine Hammond zum Essen und Tanzen zu gehen.

Connor musste seine Gedanken sortieren. Er war kein verdammter Teenager. Ebenso wenig wie sie. Anders als in einer Großstadt konnte er nicht einfach in einen Supermarkt fahren und ein paar Rosen kaufen. Seine einzige Möglichkeit war es, ein paar von Tante Eileens Blumen zu stibitzen. Nichts Besonderes. Selbst wenn er versuchte, ein Mädchen aus der Stadt zu beeindrucken. Und ob es ihm gefiel, oder nicht, er wollte einen guten Eindruck hinterlassen. Einen sehr guten.

Tief einatmend klopfte er und wartete. Es erschien ihm ungewöhnlich lange zu dauern, bis Catherine die Tür öffnete. Die tiefe Falte zwischen ihren Brauen und die hektische Art, als sie ihn hereinbat, konnten nichts Gutes bedeuten.

„Stacey fühlt sich nicht gut." Sie drehte sich um und hastete den Flur entlang zu dem Zimmer, in dem sie sich schliefen.

„Was ist los?" Connor musste sich zügeln, um nicht vor ihr bei Stacey anzukommen.

„Ich weiß nicht. Vielleicht etwas, das sie gegessen hat. Vielleicht ein Virus. Ich kam gerade aus der Dusche …“

Connors Gedanken wanderten beinahe ab zu seiner eigenen Version, in der Catherine nackt und voller Wassertröpfchen vor ihm stand. Doch er schob die unangemessenen Gedanken beiseite und sein Blick landete auf dem kleinen Mädchen, das zusammengekauert mit einem Eimer an ihrer Seite im Bett lag.

„Sie hat sich übergeben. Ich hätte früher bemerken müssen, dass es ihr nicht gut geht. Sie war so blass. Aber“, Catherine seufzte, „ich habe wohl gedacht, wenn sie sich nicht wohl fühlt, würde sie es sagen, also habe ich nicht wirklich darauf geachtet.“

„Ich kann Brooks anrufen. Er kann sie sich ansehen.“ Connor kam ans Bett und streichelte ihr über ihre Locken. Stacey bewegte sich nicht. Ihre Augen waren geschlossen. „Sie schläft.“

„Ja. Sie ist seit etwa zwanzig Minuten ruhig. Ich schätze, die Erschöpfung hat schließlich gewonnen.“

„Das ist ein gutes Zeichen.“ Er zog sein Handy aus der Tasche, um seinen Bruder anzurufen, doch Catherines Arm hielt ihn auf. Ihre Finger brannten sich wie ein Brandeisen durch sein Hemd in seine Haut.

„Nicht. Es wird schon besser.“

„Sicher?“ Er deutete auf sein Telefon. „Brooks liebt es, den Retter in der Not spielen zu können.“

Er wurde mit einem kleinen Lächeln entlohnt. „Da bin ich mir sicher.“

„Wir müssen aber sicherstellen, dass sie nicht dehydriert.“

Catherines Augen weiteten sich überrascht. „Du kennst dich mit Kindern und Bauchschmerzen aus?“

„Nicht direkt.“ Wenn er wegen Stacey nicht so besorgt gewesen wäre, hätte er vermutlich gelacht.

„Mein Bruder ist Arzt, meine Tante Erzieherin, ich habe vier jüngere Geschwister und in der Viehzucht lernt man so einiges übers Leben.“

„Ich verstehe.“ Catherine nickte und schaute zu ihrer Tochter. „Ich glaube nicht –“

„Natürlich nicht“, unterbrach er sie. „Wir sollten sie erst einmal schlafen lassen.“

Catherine nickte.

„Es läuft bestimmt ein Film im Fernsehen.“ Er ging zur Vorratskammer, um nachzusehen, ob der alte Ralph etwas auf Lager hatte, was einen Kindermagen beruhigen könnte. „Na was haben wir denn da. Salzstangen und“, er sah sich um, „Ginger Ale. Das magische Elixier“ Er nahm beides und schloss den Schrank. „Und ich rufe meine Tante an. Tante Eileen hat für so einen Fall sicher eine Hühnersuppe im Gefrierfach.

„Für den Fall, dass meine Tochter krank wird?“

„Für den Fall, dass irgendjemand krank wird. Hühnersuppe ist ein Allheilmittel.“

Catherines Blick wanderte zur Schlafzimmertür. „Klingt nach einem Plan. Tut mir leid, dass ich deinen zerstören muss.“

Connor lächelte sie an und schüttelte den Kopf. „Mir tut es leid, dass es ihr nicht gut geht. Das ist nicht schön.“

„Nun. Dann Plan B. Ich habe haufenweise Reste im Kühlschrank. Irgendwelche Vorlieben? King-Ranch-Auflauf.“ Sie steckte ihren Kopf in den Kühlschrank. „Hähnchen-Cordon-Bleu.“

Ihr wohlgeformter Po wackelte wie eine rote Fahne beim Stierkampf vor ihm herum.

„Das kann ich nicht lesen. Irgendwas mit Mac and Cheese.“

„King-Ranch klingt gut.“ Alles war ihm recht, solange sie ihren Kopf aus dem Kühlschrank holte und sich aufrichtete. „Ich decke den Tisch."

„Und ich stelle das hier in die Mikrowelle."

Sie starrte die Mikrowelle an, während der Timer heruntertickte. „Tante Eileen und die anderen Ladys sagten, du hast auf einer Bohrinsel gearbeitet, um dir etwas Geld anzusparen."

Er nickte. Keine neuen Informationen.

Der Timer klingelte und sie holte die Auflaufform heraus und stellte sie auf die Anrichte. „Sie sagten, das ist sehr gefährlich."

Connor holte Besteck aus der Schublade. Er dachte kurz darüber nach, es herunterzuspielen, doch er wollte bei der Wahrheit bleiben. „Ist es."

Als sie den Deckel der Auflaufform abnahm, kaute sie auf ihrer Lippe herum. „Wenn es so gefährlich ist, warum hast du es gemacht?"

Er hätte gern gesagt, nur wegen dem Geld. Doch da war noch mehr. „Ich habe es geliebt. Die Herausforderungen, die Hektik."

„Das bekommt man auf einer Ranch nicht." Sie stellte die Auflaufform auf einen Untersetzer.

„Manchmal. Es ist anders. Nichts für jeden." Er platzierte zwei Teller auf den Tisch.

„Und nun gibst du das für die Pferde auf?"

Er lächelte sie an. „Die Pferde waren immer das Ziel."

„Ja." Sie nickte. „Und du denkst nicht, es wird dich irgendwann langweilen?"

„Keine Minute lang." Er wunderte sich, was all die Fragen sollten. Mit Pferden zu arbeiten, hatte einen ganz anderen Reiz für ihn. So, wie Catherine zu küssen.

Catherine holte Gläser und eine Flasche Wein aus dem Kühlschrank. „Ist der in Ordnung?"

Ohne wirklich hinzusehen nickte er. Alles, solange sie nicht wieder im Kühlschrank verschwand. Er setzte sich gegenüber von Catherine auf einen Stuhl und fing an zu essen. Er musste sich von jeglichen Gedanken ablenken, die nichts mit einem Auflauf zu tun hatte.

„Dann muss ich mir also keine Sorgen machen, dass du mal stürzt und dir den Hals brichst und ich dich nicht wieder sehe." Catherine balancierte ein paar Nudeln auf ihrer Gabel. „Ich meine …"

Connor legte seine Hand auf ihre. „Ich werde mir nicht das Genick brechen."

„Aber diese Pferde sind so … groß."

„Hat dir schon mal jemand gesagt, dass du dir zu viele Sorgen machst?"

Catherine lachte. „In meiner Welt bedeutet sich Sorgen machen, dass man sich um Sachen kümmert."

„Nun, um mich brauchst du dich nicht sorgen. Keine gefährlichen Jobs mehr für mich. Und dein einziger Job ist es, dafür zu sorgen, dass es deiner Tochter wieder besser geht. Wenn ich wetten müsste, würde ich sagen, sie hat nur etwas Falsches gegessen."

„Das wäre natürlich am besten."

„Es gab heute Nachmittag viel Süßes."

„Ja." Sie lächelte. „Das gab es."

Ihre Wangen nahmen einen reizenden rosa Farbton an. Connor legte seine Gabel auf den Tellerrand, zog sein Handy aus der Tasche und öffnete eine App. Dann legte er sein Telefon auf den Tisch und Shania Twains *You're Still the One* begann zu spielen. Er stand auf, umrundete den Tisch, verbeugte sich und hielt ihr seine Hand hin.

Sie errötete noch stärker, als sie aufstand und seine Hand nahm. Mit einer Drehung landete sie für einen langsamen Tanz in seinen Armen. Er genoss es, wie sie sich an ihn schmiegte. Während des nächsten Refrains legte sie ihren Kopf an seine Schulter. Das könnte er den restlichen Abend machen.

Der schnellere Beat von Vince Gils *Feels Like Love* begann und Connor löste seinen Griff und wirbelte Catherine in der großen Küche herum. Ein leises Kichern erfüllte den Raum und er sog das Geräusch in sich auf.

„Du solltest wissen, ich hatte immer schon zwei linke Füße. Vielleicht sogar drei." Sie grinste ihn an.

„Wirkt aber nicht so." Er drehte sie noch einmal und es störte ihn nicht, dass auch das nächste Lied auf seiner Playlist ein schnellerer Song war. So hatte er etwas Zeit, seine Gedanken zu sortieren. Zeit, nachzudenken. Zeit, zu realisieren, dass er ihre Pläne für die Ranch noch immer nicht kannte. Wenn er nicht bald mit der Sprache herausrückte, würde es noch ein steiniger Weg für sie beide werden. Aber jetzt, in dieser Nacht, erschien ihm nichts so wichtig, wie Catherine Hammond zum Lächeln zu bringen.

„Ich bin egoistisch genug, um zuzugeben, dass ich gerne wieder ein kleines Mädchen im Haus habe." Tante Eileen strahlte Catherine vom anderen Ende des Küchentischs aus an. „Und ich freue mich, dass es ihr schon wieder viel besser geht. Das arme Ding hat so bemitleidenswert ausgesehen, als ich gestern die Suppe vorbeigebracht habe."

„Danke. Es war so lieb von dir, dass du dir die Zeit genommen hast, vorbeizukommen. Ich muss sagen, ich war sehr erleichtert, als du meine Diagnose bestätigt hast."

„Dafür sind Freunde doch da, Liebes. Als ihr Bauch leer war, brauchte sie nur etwas Nahrhaftes und etwas Flüssigkeit. Heute ist sie schon wieder die Alte."

Catherine fragte sich, wie viel Hilfe ihre Nachbarn in Chicago ihr gewesen wären. Obwohl David und sie ihnen kaum mehr als ein Nicken oder ein Lächeln entgegengebracht hatten, wurde sie nach seinem Unfall mit Essen und den üblichen aufbauenden Worten überhäuft. Doch sie bezweifelte, dass eine Magenverstimmung ähnliche Anteilnahme hervorgerufen hätte.

„Und", fuhr Eileen fort, „sie scheint mir, ihr Schutzschild abzulegen. Findest du nicht auch?"

„Ich weiß nicht, ob es daran liegt, dass du wie eine Großmutter für sie bist, oder ob die Luft hier in West-Texas den Ausschlag gibt. Oder einer Kombination von beidem. Aber ich weiß, dass ich noch länger hierbleiben will, um es herauszufinden. Ich will einfach sehen, ob Stacey noch weitere Fortschritte macht."

Und sollte ihre Tochter tatsächlich weiter aufblühen, musste sie abwägen, wie sich eine Rückkehr nach Chicago auf sie auswirken würde. Würden all die Fortschritte in West-Texas zurückbleiben, so wie die alte Stacey in dem Autowrack in einer dunklen Straße in einem Vorort von Chicago zurückgeblieben war.

„Ihr scheint es hier zu gefallen." Tante Eileen schaute zu dem glücklichen Mädchen, das am Couchtisch saß und malte. „Also spielst du mit dem Gedanken, für immer auf der Ranch zu bleiben?"

„Ich weiß nicht. Mein Leben ist in Chicago." Angenommen, sie hatte ihre Karriere nicht torpediert. „Aber wir haben den ganzen Sommer Zeit, das herauszufinden."

Tante Eileen blickt auf. „Also ist der Plan, den Sommer über hierzubleiben. Und dann ... zu verkaufen?" Die Frau musterte sie vorsichtig über den Rand ihrer Teetasse hinweg.

„Vielleicht." Aber je länger Catherine blieb, je mehr sie über ihre Familie herausfand, umso weniger wollte sie diese letzte Verbindung zu ihren Wurzeln kappen. „Vielleicht kann ich die Ranch als Sommerhaus verwenden. Das Land weiter an deine Familie verpachten, wenn ihr das möchtet, und in den

Ferien hierherkommen."

Eileen nickte langsam. Catherine sah, dass sie etwas beschäftigte, doch sie wusste nicht, ob es sich um etwas Gutes oder etwas Schlechtes handelte. Aber sie war sich sicher, dass die Frau etwas wusste, was sie nicht wusste.

„Oh Gott." Mit einem Funkeln in den Augen klatschte Eileen in die Hände. „Sie werden also ganz sicher zu den Ranch-Spielen hier sein?"

„Wann finden die statt?"

„Übernächsten Samstag. Die Familien kommen aus dem ganzen County. Es ist wie ein kleines Rodeo. Alle Rancher hier nehmen Teil, damit sie mit ihrem großen Können prahlen können."

„Ach ja? Ich dachte, das wäre etwas nur für Kinder?"

Eileen schüttelte den Kopf. „Liebes, hat dir noch keiner gesagt, dass das Einzige, was Männer von Jungs unterscheidet, der Preis ihrer Spielsachen ist?"

Sie brach in Lachen aus. „Nein." Catherine hielt sich ihre Hand vor den Mund, um sich zu zügeln. „Das ist ganz schön lustig."

„Was ist?" Connor kam durch die Hintertür herein und legte seinen Hut ab.

Tante Eileens Augen wurden groß, ihre Brauen hoben sich und sie zuckte mit den Achseln. „Frauengespräche."

Connors Blick schweifte von seiner Tante zu Catherine und zurück. Er schüttelte den Kopf und war sich sicher, dass er das Thema nicht vertiefen sollte, egal um was es ging.

„Wir sprachen über die Ranch-Spiele. Sie sind bald", fügte Tante Eileen hinzu. „Und", sie blickte ihn nun ernster an, „Catherine sagte mir eben, sie überlegt, die Ranch als Sommerhaus zu nutzen."

Connor erstarrte kurz, während er sich die Hände in

der Spüle wusch. Catherines Gedanken schossen in tausend verschiedene Richtungen. Der beunruhigendste Gedanke war, dass Connor sie anscheinend gerne im Garten küsste oder in der Küche mit ihr tanzte, aber sie nicht für länger um sich haben wollte. Und das traf sie etwas, da einer der verlockendsten Gründe, hier zu bleiben, der Gedanke daran war, die Sommerabende – und vielleicht auch Nächte – mit diesem schroffen Cowboy zu verbringen, in den sie sich wie ein Schulmädchen verknallt hatte. Ob sie es sich nun eingestehen wollte oder nicht, nach dem Tanzen in der Küche und dem Knutschen und Kuscheln auf der Couch und der liebevollen Art, wie er sich um Stacey gekümmert hatte, war es ein schmerzlicher Verlust gewesen, ihn in der Nacht wieder in seinen Truck steigen zu sehen.

Das Einzige, was stärker war, war die Hoffnung, Connor an diesem Morgen irgendwo im Haus anzutreffen. Und vielleicht sogar einen Kuss zu bekommen. Oder eine Umarmung. Oder sich einfach nur in seinem Lächeln zu verlieren. Verdammt, es hatte sie ganz schön erwischt.

KAPITEL ACHTZEHN

„Ihr habt es euch wirklich gemütlich gemacht." Mit einem Bier in der Hand deutete Finn auf seinen Bruder Brooks und nahm dann einen ordentlichen Schluck.

Brooks blickte über seine Schulter zu der Frau, die plaudernd und lachend auf der Veranda saß. Ein mittlerweile typischer Anblick nach dem sonntäglichen Familienessen. „Toni und ich wollten erst mit Father Tim sprechen, aber", ein breites Grinsen eroberte sein Gesicht, „wir werden heiraten."

D.J.s und Connors Stiefel knallten zeitgleich mit einem lauten Schlag auf den Boden. Finn verschluckte sich an seinem Getränk und Connor sprang auf und klopfte seinem hustenden Bruder auf den Rücken.

„Gott." Finn rang nach Luft. „Ich wollte dich und Connor nur aufziehen." Finn drehte sich um und warf Connor einen stechenden Blick zu. „Sag nicht, dass du und die Göre von Nebenan auch heiraten."

„Sie ist keine Göre", erwiderte Connor.

„Oh, verdammt." Finns Augen weiteten sich. „Du denkst darüber nach."

„Tue ich nicht." Oder zumindest dachte er, dass er nicht darüber nachdachte. An jedem Tag in dieser Woche hatten Catherine und er etwas mehr Zeit miteinander verbracht. Jeden Nachmittag, wenn sie kam, um ihre Tochter abzuholen, blieb sie zum Abendessen. Eine neue Routine entwickelte sich und sie saßen auf der Terrasse, während Tante Eileen mit Stacey das Geschirr spülten. Natürlich übernahm Tante Eileen das Sprechen. Draußen sahen Catherine und er sich die Sterne an und erzählten sich von ihrem Leben. Sie hatte versucht, bei einigen der Geschichten auf der Bohrinsel nicht zusammenzuzucken. Und er versuchte nicht zu Knurren, wenn sie erzählte, wie wenig Brautwerbung ihr verstorbener Ehemann betrieben hatte. Anfangs war sie noch in einem Schaukelstuhl gesessen und er am Geländer gelehnt, bis sie sich schließlich Seite an Seite auf einer Bank saßen. Letzte Nacht hatten sie sogar Händchen gehalten, wie schüchterne Teenager. Er hatte jede Sekunde davon genossen.

Selbst die Momente, in denen kein Wort gesprochen wurde, erschienen ihm besser, nur weil sie bei ihm war. Also ja, vielleicht hatte er darüber nachgedacht, wie es sein würde, wenn er diese Veränderungen permanent machen würde. Vielleicht hatte er sich Gedanken darüber gemacht, wie gut Stacey das Landleben tun würde. Und vielleicht hatte er sich auch gedacht, es sei verrückt, Zukunftspläne mit einer Frau zu schmieden, die er erst so kurz kannte. Aber so war es auch bei seinen Brüdern gewesen. Was die Unterhaltung wieder zum Anfang brachte. Er lehnte sich zurück und wandte sich an Brooks. „Wäre ein bisschen überstürzt, so schnell zu heiraten, findest du nicht auch?"

Brooks, der immer noch grinste, schüttelte den Kopf. „Ich wusste in dem Moment, dass sie besonders ist, als ich sie mit diesem dummen Hund gesehen habe."

Mit einem vielsagenden Grinsen nickte Adam, ebenso wie sein Vater. Die beiden schienen die einzigen Anwesenden zu sein, die Brooks' Ankündigung nicht überraschte.

„Wir wissen, viele werden das so kurz nach

Williams Tod für unangebracht halten, aber wir alle wissen, dass *diese* Ehe schon zu Ende war, bevor sie überhaupt begonnen hatte."

Finn stellte seine Bierflasche auf den Tisch und schüttelte den Kopf. Dabei schaute er seinen Bruder eindringlich an. „Die Leute werden reden. Warum wartet ihr nicht? Sie ist ja nicht schwanger oder so."

Connor wich samt Stuhl zurück, um dem eisigen Blick von Brooks zu entkommen, den dieser dem jüngsten Farraday-Bruder zuwarf.

„Pass bloß auf." Brooks eisiger Blick war weiter auf Finn gerichtet, bis dieser sich wieder setzte. „Williams Familie hat Toni nicht sehr gut behandelt. Ich weiß, sie haben getrauert. Aber sie haben Toni nie als Tochter gesehen. Als Teil der Familie. Auf der Beerdigung musste der Bestatter erst etwas sagen und Williams Schwester buchstäblich zur Seite schieben, damit Toni Platz hatte, um bei der Familie zu stehen."

„Wir haben schon verstanden. Der Apfel fällt nicht weit vom Stamm. Williams Familie ist keinen Deut besser als er. Aber das erklärt noch immer nicht die Eile." Finn hob die Hände in einer fragenden Geste.

„Wenn Toni und ich verheiratet sind, wenn das Baby kommt –"

„Bist du rechtlich gesehen der Vater", beendete Adam den Satz.

„Genau."

„Trotzdem", warf Finn ein, sprach aber nicht weiter.

„Ich weiß." Brooks erkannte die Zweifel seines Bruders an. „Darum dachten wir an eine kleine Zeremonie im Kirchengarten. Nur die Familie. Nichts Großes. Eine pompöse Hochzeit hatte sie bereits und alles, was ich möchte ist sie vor Gott zur Frau zu nehmen. Der Pastor ist eigentlich nur für das Rechtliche von Nöten."

„Eigentlich", murmelte Finn.

„Wir hatten an den Sonntag nach den Ranch-Spielen gedacht, wenn Father Tim einverstanden ist."

„Das ist in einer Woche." Connor wusste, dass sein Bruder klug und pragmatisch war. Doch jetzt musste er sich fragen, ob er zumindest Teile seines Verstands verloren hatte.

Brooks nickte.

„Und du bist dir sicher?"

„Absolut."

Connor blickte seinen Bruder in die Augen und sah seine Entschlossenheit. Ihm fiel auch der Sanftmut in seinem Blick auf, jedes Mal, wenn er zu Toni sah, die bei den anderen Frauen auf der Veranda saß. Connor nickte. „Ich verstehe." Und das tat er.

„Es ist, wie es ist. Es macht keinen Sinn, zu warten." Brooks stand auf. „Ich hatte gehofft, dass mich meine Brüder verstehen, mich unterstützen."

Auch Adam erhob sich. „Du brauchst dich vor mir nicht zu rechtfertigen. In der Liebe gibt es keinen Zeitplan. Wenn sie die Richtige ist, ist alles andere egal."

Die Anspannung in Brooks Schultern verschwand. „Danke."

Finn stand als nächster auf. Der Junge, der sich immer verhalten hatte, als wäre er der Älteste und nicht der Jüngste, nickte. „Der Erste, der etwas Unpassendes über meine neue Schwägerin sagt, bekommt es mit mir zu tun."

Brooks konnte sich ein Grinsen nicht verkneifen, als er Finn anerkennend auf die Schulter klopfte. „Danke. Ich bin sicher, so weit muss es nicht kommen. Aber danke."

Jetzt war nur noch Connor übrig. Er näherte sich seinen Brüdern, klopfte Brooks auf den Rücken und nickte ebenfalls. „Ich bin dabei. Wenn du Toni nächste

Woche heiraten möchtest, werde ich da sein und unterstütze Finn, unsere neue Schwägerin zu beschützen."

Erst Adam und nun Brooks. Beide Brüder hatten sich auf der Stelle Hals über Kopf verliebt. *Wenn es die Richtige ist, ist alles andere egal.* Vielleicht war über Catherine und ihre gemeinsame Zukunft nachzudenken gar nicht so verrückt.

Von ihrem Platz auf der Terrasse aus konnte Catherine die Männer, die im Wohnzimmer saßen, genau sehen. Sie hatte beobachtet, wie Conner aufsprang und wie Finn nach Luft rang. Sie war sich sicher, Brooks hatte gerade in der Männerrunde die gleiche Bombe platzen lassen, wie Toni gegenüber Meg und Tante Eileen.

Für eine ältere Dame war Tante Eileen ganz schön flott von ihrem Stuhl aufgesprungen und Toni um den Hals gefallen, noch bevor Meg die Information verarbeitet hatte.

Ein kurzes Bedauern kratzte an Catherines Herz. Ihre und Davids Entscheidung, zu heiraten war sachlich gewesen, so erwartet, dass bei Familie und Freunden keine große Aufregung aufgekommen war. Ja, es gab eine Verlobungsfeier und Geschenke. Aber keine überschwänglichen Umarmungen und Freudenschreie ihrer Eltern. Ihr Vater hatte damals nur darauf bestanden, beim Datum ein Mitspracherecht zu haben, damit genügend Bekannte und Klienten auch Zeit hätten zu kommen. Catherine hatte nur einen Bruchteil der fünfhundert geladenen Gäste gekannt. Und die meisten davon nur, weil David und sie in der gleichen Kanzlei arbeiteten.

„Eine Woche!", kreischte Tante Eileen und zog damit Catherines Aufmerksamkeit an sich. „Meine

Damen, ich bin zwar gut, aber nicht so gut. Vielleicht, wenn es nicht gerade der Tag nach den Ranch-Spielen wäre –"

„Wir wollen kein Tamtam", unterbrach Toni.

„Tamtam?" Tante Eileen lehnte sich zurück und schüttelte immer noch lächeld den Kopf. „Liebes, eine Hochzeit ist etwas, das gefeiert werden muss. Der Herr weiß, dass es für meine Jungs nicht einfach war, eine gute Frau zu finden."

Meg konnte sich ein Lachen nicht verkneifen.

„In unserem Fall –", begann Toni.

„Keine Ausreden. Kein Farraday heiratet im Geheimen, nur weil dein Bastard von Mann – Gott hab ihn selig – bekommen hat, was er verdiente."

Nachdem das Lachen verstummt war, blickte Meg ihre Freundin mit strengem Blick an und nickte zustimmend. Catherine konnte sich nicht vorstellen, was in Chicago passiert wäre, hätte sie sich nur einen Monat nach Davids Tod entschieden, Connor zu heirate … *Connor heiraten?* Woher zur Hölle war das … Sie wandte sich wieder in Richtung der Männer, die sich nun gegenseitig die Schultern klopften, lachten und ihre Gläser erhoben, und ihre und Connors Augen trafen sich.

Ihr Herz raste so schnell, wie Pharaoh am ersten Tag nach ihrer Ankunft über die Weide galoppiert war. Wie festgewurzelt standen sie da und blickten sich in die Augen. Die Intensität des Augenblicks war überwältigend. Der Drang, aufzuspringen, ins Haus zu stürmen und sich in Connors Arme zu werfen war so stark, dass es fast wehtat. Guter Gott, sie hatte sich in einen Pferdenarren verliebt.

KAPITEL NEUNZEHN

„Ist schon alles vorbereitet?" Tante Eileen holte eine weitere Portion eingefrorenes Essen aus Gefrierfach.

An der Hintertür putzte Connor sich den Staub von den Stiefeln, bevor er die Küche betrat. „Ja. Finn ist ein Sklaventreiber. Zelt steht. Tische und Stühle auch. Tischdecken sind auf den Tischen. Und die Tribüne steht auch. Die Kennedys laden gerade die Ziegen aus. Die Ramseys haben heute morgen ein Schaf gebracht. Die Kälber haben Bänder an den Schwänzen und die Bullen –"

Tante Eileen stellte das Essen auf die Anrichte und hob ihre Hand, um ihn zu unterbrechen. „Ein einfaches Ja hätte gereicht."

Connor blieb abrupt stehen und starrte seine Tante an. Seit wann genügte ihr eine einsilbige Antwort? Sein ganzes Leben lang war er es gewohnt, eine ganze Checkliste herunterbeten zu müssen, um sie zu überzeugen, dass alle Arbeiten erledigt waren. Gut, die alljährlichen Ranch-Spiele waren nichts Alltägliches, aber trotzdem.

Mit einem Teller in der Hand huschte sie an ihm vorbei. „Catherine ist mit Stacey auch schon unterwegs hierher. Ich dachte mir, es wäre ein guter Augenblick, sie in Kenntnis zu setzen, was Sache ist."

Bevor er antworten konnte, fiel die Tür hinter ihr zu. Da die Einwohner der Stadt bald eintrudeln würden, packte seine Tante noch die letzte Ladung Essen auf die Ladefläche des Trucks.

Den Großteil der Woche hatte er sich überlegt, wie er Catherine beibringen sollte, dass ihre Tochter an den Wettbewerben für die Kinder teilnehmen würde. Obwohl er nicht annahm, dass sie etwas gegen Sackhüpfen sagen würde, hatte er ein- oder zweimal Alpträume davon gehabt, wie sie auf die Disziplinen reagieren würde, bei denen Rinder und Pferde beteiligt waren. Er hatte keine Ahnung, wie Catherine zu Schafen stand, und ehrlichgesagt war er gerade froh darüber, dass es zumindest einen Wettbewerb gab, bei dem er behaupten könnte, er hätte nicht gewusst, dass sie etwas dagegen hätte.

„Warum schaust du so, als hätte dir jemand die Rosinen aus dem Kuchen geklaut?" Tante Eileen kam wieder durch die Hintertür herein.

„Ich habe nur nachgedacht."

„Über Catherine." Eher eine rhetorische Frage.

Connor nickte.

Sie hielt inne und studierte sein Gesicht. Normalerweise machte ihm das nichts aus, aber immer, wenn sie als Kinder etwas zu verbergen hatten, hatte diese Frau es irgendwie geschafft, es ihnen an der Nase abzulesen. „Ich bin nicht sicher, ob du dir unschlüssig bist, wie du Catherine sagen sollst, dass du Stacey mit *gefährlichen* Tieren trainieren lassen hast, oder ob es zu früh ist, sie zu bitten, dich zu heiraten."

Connors Augen fühlten sich an, als würden sie ihm gleich aus dem Kopf fallen.

„Tu nicht so erschrocken. Du kannst deine Gefühle genauso schlecht verbergen wie Adam oder Brooks. Glaub mir, die ganze Woche haben dein Vater und ich darauf gewartet, dass ihr übereinander herfallt, wenn ihr zusammen den Raum verlassen habt."

Die Worte blieben ihm im Halse stecken. Mehr als

einmal hatte er sich in dieser Woche gewünscht, dass er eine eigene Bleibe hätte, oder Stacey eine Freundin, bei der sie die Nacht verbringen könnte. Von morgens bis abends auf einer Ranch zu arbeiten und von der Familie umgeben zu sein, ließ nicht viele Gelegenheiten für einen Kuss. Zumindest nicht für die Art von Kuss, die er im Sinn hatte. Heute Abend, vorausgesetzt, Catherine hatte ihn bis dahin nicht umgebracht, würde er die Karten auf den Tisch legen. Er wollte herausfinden, ob das Feuer zwischen ihnen bestimmt war zu ersticken oder ob sie einem ehemaligen Ölarbeiter und zukünftigen Pferdezüchter eine Chance geben würde. „Wie machst du das?"

Tante Eileen grinste von einem Ohr zum anderen. „Das ist eine Gabe. Also, was davon ist es?"

„Einen Antrag oder so etwas hatte ich nicht im Sinn."

Der enttäuschte Gesichtsausdruck seiner Tante brachte Connor beinahe zum Lachen. Nach einem Moment der Stille nickte sie und widmete sich wieder dem Gefrierschrank, wobei sie laut genug, dass er es hören konnte, murmelte: „Ich dachte, ich hätte euch Jungs zu klugen Männern erzogen."

„Glauben in diesem Haus denn alle nur an Liebe auf den ersten Blick?"

„Ich weiß nicht. Tun sie das?" Meg kam durch die Haustür, bepackt mit jeder Menge Schachteln, in denen Connor Tonis berühmte beschwipste Törtchen vermutete.

„Ich führe Selbstgespräche."

„Schon gut. Führ so viele Selbstgespräche wie du willst, aber als jemand, der dich liebt, habe ich einen Rat für dich."

Connor zog eine Augenbraue hoch.

„Ewiges Daten und Kennenlernen macht niemanden zur Richtigen. Wenn sie die Richtige ist, ist alles andere egal." Sie stellte sich direkt vor ihn, legte die Schachteln ab und gab ihm einen Kuss auf die Wange. „Und wenn du sie gefunden hast, dann weißt du es."

Tante Eileen kam mit einem weiteren vollen Tablett aus der Speisekammer und Meg nahm die Kuchenschachteln wieder auf, die sie gerade abgestellt hatte. „Toni und Brooks bringen noch mehr. Adam ist mit Dad in der Scheune. Und ich bin hier, um dir zu helfen."

„Du bist ein Engel. Margaret Colleen Farraday."

Meg grinste seine Tante an. Sie passte in diese Familie. Nannte seinen Vater sogar Dad. Und hatte offenbar kein Problem, schwesterliche Ratschläge zu verteilen. Sie war ihm wahrlich ans Herz gewachsen. Besonders, wenn er sah, wie glücklich Adam mit ihr war.

Meg folgte seiner Tante nach draußen und blieb an der Tür kurz stehen. „Denk an meine Worte."

Connor lachte. Was hatte er da losgetreten? Das augenblickliche Problem war nicht sein Liebesleben, sondern die Frage, wie er Catherine beibringen sollte, dass Stacey an den Wettbewerben teilnehmen würde.

„Klopf, klopf." Catherines Stimme erreichte ihn nur wenige Sekunden bevor Stacey in ihn hineinlief. Instinktiv hob er sie hoch und lachte, als sie ihn auf die Wange küsste. Das war neu, und Catherines großen Augen nach zu urteilen, hätte er es vielleicht schon gestern Abend erwähnen sollen, anstatt sich mit ihr einen intimen Augenblick auf der Veranda zu erlauben.

„Einen Gutenachtkuss bekomme ich schon seit einer Woche von ihr. Mir war nicht klar, dass sie das auch bei jemand anderem macht." Wenn nicht das Lächeln in ihrem Gesicht und in ihrer Stimme gewesen wäre, hätte Connor sich vermutlich Sorgen bei dieser Bemerkung gemacht.

„Das fing gestern an. Ich dachte, es wäre vielleicht ein Glückstreffer."

In den zwei Wochen seit der Beerdigung war Stacey immer zugänglicher geworden. Und jetzt zeigte sie sogar ihre Zuneigung. Das Einzige, was sie noch von anderen Kindern unterschied, war ihr Schweigen. Auch wenn er sie oft beim Summen erwischt hatte, wenn sie bei den Pferden war, sprach sie noch immer kein Wort.

Catherine lächelte Stacey an. „Wir wären fast nicht gekommen."

„Warum?" Er stellte Stacey auf den Boden.

Catherine zuckte die Achseln. „Ich weiß, dass es absolut sicher ist, alles aus sicherer Entfernung zu beobachten. Ich rede mir immer wieder ein, dass es nur eine Art Picknick mit harmlosen Spielen ist, aber trotzdem bekomme ich immer noch eine Gänsehaut."

Connor tätschelte Staceys Schulter. „Tante Eileen ist mit Miss Meg beim Auto."

Ohne zu zögern drehte sich Stacey um und lief nach draußen.

Die Tür fiel ins Schloss und Connor wandte sich wieder zu Catherine. „Aber du bist trotzdem gekommen."

Nickend seufzte Catherine. „Wenn du Staceys Enttäuschung gesehen hättest, als ich vorgeschlagen habe, zu Hause zu bleiben und stattdessen für Tante Eileen Kekse zu backen …"

Connor wurde flau im Magen. Er wusste, wie sehr sich das kleine Mädchen auf den Tag gefreut hatte – und wie lange. Die Vorstellung, dass sie auch nur eine Sekunde denken musste, sie dürfe nicht kommen, ließ sein Herz bluten. „Ich bin froh, dass du dich entschieden hast zu kommen."

Sie nickte. „Ich auch."

Und egal, was ihm seine Tante, sein Vater oder

irgendwer auf der Ranch auch geraten hatte, nun hatte Connor keine andere Wahl, als zu beten, dass um Vergebung zu bitten, noch einmal funktionierte.

„Darf ich jetzt?" Catherine hielt sich die Augen zu. Sie wusste, dass es albern war. Es war besser darin geworden, den Männern zumindest ein paar Sekunden zuzusehen, wenn sie auf dem Rücken der Bullen aus den Startboxen kamen. Aber sie hätte es nicht verkraftet, als einer von ihnen gestürzt und fast vor ihren Augen niedergetrampelt worden war. Also ließ sie beim Bullenreiten die meiste Zeit die Augen geschlossen.

„Alles sicher", versicherte Meg, die links von ihr saß. Als Catherine Meg einen du-machst-wohl-Scherze-Blick zuwarf zuckte diese mit den Achseln. „Das sagen sie mir auch immer."

„Aha." Nachdem sie beim Kälber einfangen, Barrel-Racing und nun Bullenreiten zugesehen hatten, war Catherine mit den Nerven bereits am Ende. „Wann kommt das Sackhüpfen?"

„Sie stehen schon bereit", sagte Toni von der anderen Seite. „Sobald der Platz geräumt ist, geht's los."

„Da unten sind Frauen." Die Anzahl der Besucher, die heute hergekommen war, verblüffte Catherine. Die Trucks parkten rund um das gesamte Gelände, wie in dem Baseball Film *Field of Dreams*. Eine der Weiden war zu einem Parkplatz umfunktioniert worden und nachdem die meisten Besucher angekommen waren, konnten die Spiele schließlich beginnen.

„Oh ja. Adam sagt, etwas wie Sexismus gibt es auf einer Ranch nicht. Die Töchter wachsen genau wie die

Söhne mit der Ranch-Arbeit auf."

„Was heißt, dass die Frauen der Rancher mit ihren Männern locker mithalten können?", fragte Toni.

„Ich denke, ja. Für Stadtmädchen gibt es da wohl eine Ausnahme. Ich hörte die Männer sagen, Tante Eileen ist gut im Gatter Öffnen und Schließen, wenn es darum geht, wirklich etwas mit den Rindern zu machen, ist bei ihr Schluss.

„Ich muss sagen, ich kann es ihr nicht verübeln", fügte Catherine an.

„Da, schaut." Toni zeigte auf die linke Seite des Spielfeldes. „Da sind D.J. und Abby."

„Und ist das nicht Adam mit Dorothys Enkelin?" Catherine konnte langsam alle Namen den Gesichtern zuteilen.

„Ja, das ist Becky", bestätigte Meg.

Catherine zeigte auf das Pärchen neben ihnen. „Wer ist das bei Finn?"

Meg blickte genauer hin „Kelly. Adams Rezeptionistin."

„Meine Güte." Catherine erhob sich. „Ist das Tante Eileen mit Mr. Farraday?"

Meg nickte. „Es ist praktisch eine Tradition, dass alle Familienoberhäupter teilnehmen."

„Sieht so aus." Toni deutete auf ein rüstiges älteres Pärchen um die siebzig. Oder älter.

Catherine fragte sich, warum jemand in diesem Alter sich noch etwas so Gefährliches antat. „Ich hoffe nur, sie stürzen nicht und brechen sich etwas."

Toni zuckte mit den Achseln. „Ich kenne einen guten Arzt. Außerdem geht es hier um den Spaß. Man kann nicht sein ganzes Leben lang Angst haben."

„Du sagst es." Meg nickte.

„Hmm." Catherine nickte ebenfalls, eher kameradschaftlich als zustimmend. Es gab Angst und es gab gesunden Menschenverstand. Und Sackhüpfen als Rentner machte einfach keinen Sinn. Andererseits machte es ebenso wenig Sinn, dass sie sich wünschte, Connor würde das Rennen mit ihr bestreiten, anstatt mit … „Wer ist das da bei Connor?"

Meg kniff die Augen zusammen. „Das muss Molly Carson sein. Sie ist ziemlich beliebt bei den Rancharbeitern."

„Wirklich?" Nun wünschte sich Catherine, sie hätte nicht so viel Angst vor allem, was mir Tieren und Wettbewerben zu tun hatte. Dann wäre sie vielleicht da unten neben Connor. Selbst von ihrem Platz aus konnte Catherine erkennen, dass diese Blondine versuchte, sich an Connor heranzumachen. Das Augenklimpern, ihr verlegenes Grinsen und ihr viel zu freizügiges Dekolleté waren zu viel Catherines Geschmack. Sie verspürte den Drang, die Tribüne hinunter zu marschieren, durch die Arena zu gehen und Blondchen wegzuschubsen.

Je länger Catherine der Blondine beim Flirten mit Connor zusah, desto mehr kochte ihr Blut. Wenn sie in Tuckers Bluff bleiben würde und wenn auch nur über den Sommer, musste sie eine solidere Abmachung treffen. Ja, das ergab Sinn. Nur, was wäre in ein oder zwei Monaten, wenn ihr keine andere Wahl blieb, als wieder nach Chicago zurückzukehren? Was sollte sie dann machen? Und was zum Teufel sollte sie genau jetzt mit Connor Farraday machen?

Wie es dazu gekommen, dass er jetzt mit Molly Carson in einem Jutesack steckte, war Connor ein Rätsel. Gerade noch war sie mit Sam, ihrem Vorarbeiter, ein Team gewesen und jetzt klebte sie an ihm, während Sam etwas von *danke für den Gefallen* murmelte.

Wie zu erwarten war, kamen sich nicht einmal in die Nähe der Ziellinie, da sie stolperte und, wie könnte es auch anders sein, auf Connor landete. Mit ihren halbnackten Brüsten praktisch in seinem Mund. Er wagte es nicht, zur Tribüne zu blicken und Catherines wütenden Blick zu sehen. Er würde schon in genügend Schwierigkeiten stecken, sobald die Kinderdisziplinen anfingen. Da wollte er sich nicht auch noch hierfür rechtfertigen müssen. Und er wollte ganz sicher nicht, was Molly ihm gerade anbot.

Auch wenn Mollys Kurven einen Heiligen zum Sünder machen konnten, war er einfach nicht interessiert. Es gab nur eine Frau, die seine Welt in ihren Händen hielt – und es hatte nichts mit der verdammten Ranch und seine Pferdezucht zu tun. Am Ende dieses Tages sollte Schluss sein mit Ausflüchten. Er musste einen Weg finden, wie er Catherine Hammond dazu bringen konnte, zu denken wie er. Dauerhaft.

„Wir haben zwar nicht gewonnen", gurrte Molly, „aber ich glaube, eine Belohnung haben wir uns verdient."

Freundliche Ausreden schossen in seinem Kopf umher, doch er war sich sicher, dass er nichts Nettes sagen würde, sobald er den Mund öffnete. Er wandte sich zur Tribüne und erblickte Catherine, die mit seiner Schwägerin und seiner zukünftigen Schwägerin plauderte. Als ihr Blick zu ihm wanderte, tippte er seinen Hut an und ging in ihre Richtung. Hinter ihm hörte er Molly murmeln: „War das alles!" Ja, was ihn betraf, war das alles.

Je näher er der Tribüne kam, desto besser konnte er Catherines Gesichtsausdruck erkennen. Ihr höfliches distanziertes Lächeln sagte ihm, dass sie sämtliche falschen Schlüsse aus diesem blöden Rennen gezogen hatte.

„Ladys." Er klopfte den Staub aus seiner Hose und lächelte die drei Frauen an, doch sein Blick wanderte zu Catherine. „Wie gefällt es dir bisher?"

„Von dem, was sie sehen konnte, meinst du?" Meg zuckte die Schultern und blickte zu Catherine. „Entschuldige."

Zu seiner Erleichterung kicherte Catherine. „Es ist ja kein Geheimnis, dass ich diese riesigen Tiere nicht mag und offen gestanden, ich möchte auch keinen netten Cowboy sehen, der niedergetrampelt wird."

„Unfälle passieren", sagte Connor, „aber nicht sehr oft. Keiner geht unnötige Risiken ein."

„Okay." Catherine hob einen Finger. „Du und ich haben aber wirklich unterschiedliche Ansichten von unnötigem Risiko. Ich sehe überhaupt keinen Grund, warum man auf einem riesigen … Biest reiten sollte."

„Es macht Spaß", entgegnete Connor.

Alle jungen Anwärter fürs Schleifensammeln bitte nach vorne, verkündete der Ansager.

„Da muss ich widersprechen", unterbrach Meg. „Wir haben definitiv unterschiedliche Auffassungen von Spaß. Du hast wahrscheinlich auch Spaß daran, aus einem Flugzeug zu springen."

Er grinste nur.

„Oh mein Gott. Das hättest du wirklich." Aus Catherines Mund klang es eher nach einem Vorwurf als nach einer Feststellung.

Er drehte sich leicht, um beim nächsten Wettbewerb einen besseren Blick auf Stacey und die anderen Kinder zu haben, und hoffte, dass diese Unterhaltung Catherine etwas abgelenkt hatte, da er immer noch nicht wusste, wie er ihr beibringen sollte, dass ihre Tochter an den Spielen teilnahm. „Einigen wir uns darauf, dass ein kleines Abenteuer gut für die Seele ist."

Adam kam gefolgt von Brooks die Tribüne herauf.

„Wo sind Tante Eileen und Stacey?", fragte Catherine.

Die beiden Brüder blickten zu Connor. Er schüttelte den Kopf und atmete schwer aus. Adam antwortete: „Sie sind irgendwo bei den anderen Kindern."

„Oh." Catherine schaute auf die andere Seite des Spielfeldes, wo einige Familien mit Kindern waren. „Ich will nicht zur Last fallen."

„Ach was", warf Connor ein, „Tante Eileen genießt jede Minute davon, wieder ein Kind hier zu haben."

Brooks setzte sich neben Toni und legte einen Arm um ihre Taille. „Ich habe das Gefühl, ein Baby im Haus zu haben wird ihr noch mehr gefallen."

„Daran besteht kein Zweifel", fügte Adam lachend hinzu.

Und los geht's. Die Herde ist in Bewegung.

Connor atmete scharf ein und suchte nach etwas, das die Unterhaltung am Laufen halten konnte und Catherine davon abhalten würde, die Kinder genauer zu betrachten.

Die Punkte sind gestaffelt nach Farbe. Blau ist fünf Punkte wer, grün vier, gelb drei, rosa zwei und weiß einen.

„Wie gefällt dir das Event?", fragte Adam.

„Ist ganz okay", antwortete Meg. „Wir Mädchen aus der Stadt brauchen wohl noch etwas länger, um uns an so etwas zu gewöhnen."

Gerissene kleine Teufelchen. Je größer das Kalb, umso höher die Punktezahl. Oh, und wir haben den ersten Punktemacher.

Instinktiv wandten sich alle zum Wettbewerb. Connor suchte nach Stacey. In ihrer rot kartierten Bluse war sie leicht auszumachen in der Herde aus Kindern, die rennend und stolpernd den kleinen Kälbern hinterherjagten.

„Oh mein Gott", murmelte Catherine. „Das kann nicht sicher sein. Selbst die Babykühe wiegen mindestens ein paar hundert Pfund."

Kaum hatte sie die Worte ausgesprochen rutschte ein Kind aus und fiel hin und Stacey stolperte darüber und landete mit dem Gesicht voran im Staub. Connor hoffte, sie würde schnell genug wieder aufstehen, bevor Catherine ihre Tochter erkannte.

Hätte sie zu ihren Brüdern anstatt auf das Durcheinander aus Kindern und Kälbern geschaut, hätte Catherine dieselbe Aufregung in Adams und Brooks' Gesichtsausdruck sehen können. Connor riss vor Freude fast eine Faust nach oben, als Stacey aufstand und ein Kälbchen mit gelbem Band am Schwanz verfolgte. Sie war hinreißend in ihrer Entschlossenheit. Sie streckte sich nach dem Tier, das wahrscheinlich mehr Angst hatte als Catherine und bekam die Schleife zu fassen. Sie wedelte damit in der Luft herum, ignorierte die anderen Kinder und Kälber und suchte die Tribüne.

Mutter und Tochter erblickten einander im selben Moment.

„Oh mein Gott!" Catherine drehte sich zu Conner, als dieser gerade das kleine Mädchen anlächelt und anerkennend seinen Hut antippte. „Du wusstest es! Wie konntest du nur?"

KAPITEL ZWANZIG

Wie ein Sportstar im Fernsehen stürmte Catherine die Tribüne hinunter. Sie konnte nicht schnell genug bei ihrem Baby sein. Hinter ihr rief Connor ihren Namen. Er war ihr auf den Fersen, doch selbst mit seinen großen Schritten konnte er nicht mit einer panischen und verängstigten Mutter mithalten. Sie konnte bereits Tante Eileen sehen, die Stacey ein High-Five gab, während Sean Farraday sie freudig hoch in die Luft hob und dann auf seine Schultern setzte und sie präsentierte, als wäre sie eine Siegestrophäe. Was zur Hölle dachten sich diese Leute nur dabei?

Im nächsten Wettkampf geht's für unsere Kleinen ans Flaggenfangen.

„Beruhig dich bitte." Connor legte seine Hand um ihren Arm. „Es geht ihr gut. Sie hatte einen Wahnsinnsspaß."

„Im Leben geht es um mehr als nur um Spaß!" Catherine blieb stehen, aber riss ihren Arm los. „Wie kannst du es wagen, sie solch einer Gefahr auszusetzen?"

„Sie war nie in Gefahr. Sie hat das wochenlang geübt." Er streckte seine Arme nach ihr aus, doch sie wich zurück.

„Wochen?"

„Sie mag die Pferde so sehr. Das hast du doch selbst gesehen. Sie bringen sie zum Lächeln."

„Genau wie der wilde Hund. Ich hätte ihr ebenso gut einen verdammten Welpen kaufen können."

„Entspann dich." Er streckte nochmals die Hand nach ihr aus.

Sie war nicht so dumm, sich von ihm anfassen zu lassen. Sie konnte nicht klar denken, wenn er sie berührte. Verdammt, wenn er nur in ihrer Nähe war. „Bleib mir fern."

Connor stand still, eine Geste, die Catherine an seine militärische Vergangenheit erinnerte. Nur dass der Blick in seinen Augen eher Schmerz als Gehorsam vermuten ließ. Sie hatte ihn verletzt. Sie biss sich auf die Unterlippe. Der Kampf zwischen Herz und Verstand zerrte sie in verschiedene Richtungen. Es ging hier nicht um sie oder ihn. „Ich dachte, sie bäckt Kekse mit Tante Eileen."

„Das hat sie. Manchmal." Seine Schultern entspannten sich. „Sie haben auch gemalt und gepuzzelt."

Catherine hatte die Bilder als Beweis. Trotzdem. „Wie konntest du nur? Sie ist *meine* Tochter. Es liegt in meiner Verantwortung, dass es ihr gut geht. Du hattest kein Recht dazu."

An ihrem ersten Kinderwettbewerb vertritt unsere fünfjährige Stacey Hammond heute die Farradays.

Es dauerte einen Moment, bis die Worte des Ansagers in Catherines Kopf vordrangen. Stacey und Farraday sauste zwischen ihren Ohren hin und her. Sie drehte ihren Kopf in Richtung des einzelnen Reiters am anderen Ende der Arena und ihr blieb fast das Herz stehen. Eine rote karierte Bluse lehnte sich nach vorne und rosa Cowboystiefel drückten in die Seite des hellbraunen Pferds mit der fast elfenbeinfarbenen Mähne. Schiere Panik brach aus ihrer Lunge heraus. „Stacey!"

Sie riss sich von Connor los und stürzte übers Feld zum anderen Ende der Arena. Ihr Körper bewegte sich vorwärts, gesteuert von ihrem mütterlichen Instinkt. Ihre Augen waren die ganze Zeit auf ihre Tochter gerichtet. Der kleine Körper auf dem massiven Pferd war schneller, als Catherine laufen konnte. Sie war noch nicht einmal in der Nähe, als Stacey sich nach links beugte und nach der Flagge griff. Catherine verschluckte sich fast an ihrem eigenen Atem, als sie sich vorstellte, wie Stacey vom Pferd fiel und unter die Hufe geriet.

„Catherine!" Conner hatte sie eingeholt. „Langsam. Wenn du stürzt und dir das Genick brichst, hilfst du ihr nicht."

Catherine wurde nicht langsamer. Wagte es nicht, ihren kostbaren Atem an Worte zu verschwenden. Sie musste das unterbinden. Jetzt.

„Catherine", wiederholte er, noch immer an ihrer Seite.

Auf der nächsten Geraden wurde Stacey langsamer, um die Flagge in ein Fass zu stecken, bevor sie wieder schneller wurde. *Lieber Gott, bitte lass sie nicht stürzen.* Dasselbe geschah wieder und wieder. Als Catherine bei Eileen und Sean ankam, die direkt am Ausgang der Arena standen, wusste sie nicht, ob sie schreien oder weinen sollte.

„Gutes Mädchen", rief Eileen.

Sean pfiff laut mit den Fingern.

Diese Leute waren komplett verrückt. Wie konnte Catherine nur denken, sie wären der Inbegriff von nett, eine normale Familie? Das Leben, von dem sie als kleines Mädchen selbst einmal geträumt hatte.

Stacey schnappte sich die letzte Fahne und schien in Richtung Ausgang zu fliegen.

Im selben Moment drehte sich Eileen zu Catherine. Ein Lächeln, so weit wie die Prärie von Texas wurde von einem überraschten Blick abgelöst. „Du hast es ihr nicht gesagt?"

Connor schüttelte den Kopf.

„Wessen verrückte Idee war das?" Catherine blickte auf und sah ihre Tochter nur ein paar Schritte entfernt mit dem Pferd langsamer werden. Das Biest, auf dessen Rücken Stacey saß, schien zu schrumpfen, je näher sie kam. Gedanken, ihr Baby sicher in ihre Arme zu schließen, wuschen die bösen Vorstellungen von zuvor davon. Noch immer kochend vor Wut drehte sie sich um. „Verdammt nochmal!" Ihre Hände ballten sich zu Fäusten und Catherine spürte die Tränen in ihren Augen. „Sie hätte sterben können. Sie ist alles, was ich noch habe! Komm nie wieder auch nur in die Nähe meiner Tochter." Sie machte kehrt. „Ihr alle."

„Mami, Mami, schau." Das Pferd kam neben ihr zum Stehen. Stacey winkte mit ihrer Fahne. „Ich hab's geschafft."

Sean nahm die Zügel und führte das Pferd an den Rand der Arena. Ein Tritthocker erschien und als hätte sie ihr ganzes Leben nichts anderes gemacht, schwang Stacey ein Bein über das Pferd und kletterte herunter. Dann lief sie zu ihrer Mutter und schlang ihre Arme um Catherines Hüfte.

Sie konnte die Tränen nicht mehr zurückhalten. Catherines Baby hat gesprochen. Sie gerufen. War glücklich.

So schnell sie auf ihre Mutter zu gestürmt war, riss sie sich auch wieder los und lief zu Connor. „Habe ich gewonnen?"

„Wenn du mich fragst, schon, Partner."

„Komm her, Stacey." Sean streckte seine Hand nach ihr aus. „Wir müssen Princess etwas abkühlen."

„Okay." Stacey nahm freudig Seans Hand und folgte ihm und dem Pferd.

Eileen öffnete ihren Mund, als wolle sie etwas sagen, doch als sie über Catherines Schulter zu Connor blickte, schwieg sie und folgte ihrem Schwager.

Connor legte seine Hand auf Catherines Schulter. „Ich hatte es gehofft, aber nicht erwartet, dass es so schnell passiert.

Der Klang der Stimme ihrer Tochter. Die Schönheit dieses Geräuschs. Die Begeisterung, nichts davon konnte das eingegangene Risiko aufwiegen. „Du hattest kein Recht dazu.“

„Es tut mir leid.“

„Das ändert nichts. Sie ist so klein. Das Pferd so groß.“

„Kaum anderthalb Meter. Klein für ein Quarter Horse. Und Princess mag Kinder.“

„Immer noch ein wildes Tier.“

Connor sagte nichts.

„Was, wenn sie runtergefallen wäre?“, fuhr sie fort.

„Ist sie aber nicht.“

„Es hätte aber passieren können! So wie sie durch den Ring gerast ist.“

„Catherine.“ Er stand vor ihr und wagte es seine Hände auf ihre Schultern zu legen. „Sie ist kaum getrabt. Und sie ist gut. Sehr gut. Viele Kinder in ihrem Alter müssen noch von ihren Eltern geführt werden. Ich hatte angenommen, dass ich das auch mit ihr machen müsste. Aber Catherine“, er machte eine Pause, „sie ist ein Naturtalent. Deine Mutter wäre so stolz auf sie.“

„Wage es nicht, meine Mutter ins Spiel zu bringen.“ Etwas tief in ihr schrie, dass er recht hatte, doch ihr Verstand sagte ihr, dass es gerade nicht darum ging. „Du hattest kein Recht dazu.“

Connor ging einen Schritt zurück, rieb sich den Nacken und seufzte tief, bevor er sich wieder ihr zuwandte. „Es begann mit einem Lächeln, als Stacey die Pferde sah. Wie an dem Abend, als sie die Bürste genommen hatte. Eine Zeit lang ist sie immer mit mir mitgegangen, um die Pferde zu versorgen und zu bürsten, bevor du sie abgeholt hast. Nur ein paar Tage später habe ich gehört, wie sie eine Melodie summte, als sie bei den Pferden war. Dann summte sie auch im Haus beim Malen."

Catherine war das ebenfalls aufgefallen. Es war einer der Gründe gewesen, warum sie zögerte, nach Chicago zurück zu fahren. Die kleinen Schritte, die Connor beschrieben hatte, hatten ihr die Hoffnung gegeben, die nicht einmal die besten Therapeuten ihr anbieten konnten.

„Und dann wollte sie reiten lernen."

„Woher willst du das wissen?"

„Eines Nachmittags kam ich früh nach Hause, nachdem ich mit Pharaoh eine der Weiden überprüft hatte. Stacey und Tante Eileen begrüßten mich in der Nähe der Scheune. Bevor ich absteigen konnte, zerrte Stacey wie es ein Kleinkind, das hochgehoben werden will, an meiner Hose. Also habe ich sie auf meinen Schoß gesetzt. Sie legte sich nach vorne. Pharaoh bemerkte die Bewegung und ging ein paar Schritte. Das Lächeln, das auf ihren Lippen erstrahlte, war atemberaubend."

Tränen drohten, erneut über zu sprudeln. All das lag außerhalb ihrer Fähigkeiten. Pferde und Kühe waren groß und böse und gefährlich und sie musste doch ihr kleines Mädchen beschützen. Doch gerade wegen dem großen, bösen Pferd nannte Stacey sie wieder Mami.

„Catherine." Er ging einen Schritt auf sie zu und streichelte ihren Arm. „Ich wollte die Dinge nur besser machen. Es gibt hier keinen Pferdetherapeuten. Aber ich habe etwas recherchiert. Pferde sind eine unglaubliche Hilfe, wenn es um Trauma Bewältigung geht. Immer mehr Veteranen bekommen Pferdetherapie gegen ihre posttraumatische Belastungsstörung verschrieben. Ich wusste sofort, dass es das Richtige für Stacey war. Ich wusste nur nicht, wie ich dich davon überzeugen sollte. Es tut mir leid, dass nicht wusste, wie ich es dir sagen soll."

„Aber es tut dir nicht leid, dass du hinter meinem Rücken gehandelt hast. Nicht leid genug, um mir die Fakten zu erläutern und darauf zu vertrauten, dass ich nur das Beste für meine Tochter will. Ein tut mir leid reicht nicht." Sie schüttelte den Kopf und wand sich aus seinem Griff. Sie musste ihre Tochter holen – ihre sprechende Tochter – und verschwinden. Sie musste Connor und die Pferde und Tieren und das Gefühl, hintergangen worden zu sein, hinter sich lassen. Und vielleicht, wäre es leichter, die Wahrheit zu akzeptieren, wenn ihr Herz wieder in einem normalen Rhythmus schlug. Sie gehörte nicht an diesen Ort und länger zu bleiben machte es nur noch schwerer für alle.

Die provisorische Lautsprecheranlage übertrug weiteres Gemurmel des Ansagers. Während sie mit Connor diskutierte und ihren eigenen Puls wild in ihren Ohren pochen hörte, bemerkte sie nicht, dass Tante Eileen und Stacey wieder zurückkamen.

„Ich bin wieder dran", sagte Stacey, die an ihrer Mutter vorbeilief und Eileen hinter sich herzog.

Connor huschte an Catherine vorbei und stellte sich zwischen sie und ihre Tochter.

„Oh nein." Catherine würde sich keine weiteren Ausflüchte mehr anhören. „Keine Pferde mehr. Keine Kühe. Wir gehen. Jetzt."

Als nächstes kommt unsere neue Freundin Stacey Hammond daran.

„Nein!" Catherine riss ihren Arm im selben Augenblick weg, als ein grinsender, maximal drei oder vier Jahre alter Junge aus der Arena rannte, dicht gefolgt von einem Mann, der ihn mit den Worten „Warte, Kumpel" verfolgte.

„Entschuldigung." Ein weiterer Mann trieb zwei Wollknäuel durchs Gatter.

Was zum Teufel?

KAPITEL EINUNDZWANZIG

Connor hatte immer gedacht, er wäre schnell. Doch so sicher, wie er in West-Texas geboren und aufgewachsen war, so sicher wusste er, dass ihm gerade Catherine entwischte.

„Was ist das?" Ihr Blick folgte den schaukelnden Tieren ins Gehege.

„Das ist die nächste Runde, Schafe auseinander Treiben. Und wenn wir uns nicht beeilen, verpassen wir Stacey."

„Stacey?" Jegliche Farbe wich aus ihrem Gesicht.

„Entspann dich. Bitte." Er nahm sie am Ellbogen und zog sie auf die andere Seite, wo sie über die Einzäunung blicken konnte. Dann deutete er auf die beiden Kinder, die bei ein paar Schafen standen. „Hör zu." Er drehte ihr Kinn mit einem Finger zu sich, sodass sie ihn ansehen musste. „Sie freut sich wahnsinnig auf das hier. Sie ist die älteste von allen Kindern hier. Egal, wie du das hier findest. Denk daran, wie sie dich Mami gerufen hat. Bitte."

Langsam ließ er seine Hand sinken und betete zu Gott, dass Catherine nicht über die Absperrung springen und ihre Tochter wegzerren würde, wenn sie sah, was als nächstes geschehen würde.

Er musste nicht hinsehen, um zu wissen, wann es ihr klar wurde.

Ihr Ringen nach Luft verriet es. „Oh mein Gott. Du versuchst, sie zu töten."

Kaum hatten die Worte Catherines Mund verlassen, verlor Stacey ihren Halt in der Schafswolle und rutschte ab.

Und es geht wieder los.

Catherine riss das Tor auf und stieß fast mit einer herumhüpfenden Stacey zusammen. „Darf ich es nochmal versuchten, Mami? Darf ich?"

Catherine kniete sich hin und schüttelte den Kopf. Sie tastete die Arme und Beine ihrer Tochter ab, als könnte sie nicht glauben, dass sie sich nichts gebrochen hatte. „Ich denke für heute hattest du genug."

„Man hat leider nur einen Versuch, Partner." Connor wuschelte ihr durchs Haar.

Catherines Blick wanderte zu ihm und sie starrte ihn an, als wäre ihm plötzlich ein zweiter Kopf gewachsen.

Adam und Brooks kamen zu ihnen. Begleitet von Meg und Toni.

„Das hast du toll gemacht!" Meg kniete sich neben Stacey hin. „Ich denke, das schreit nach einer große Kugel Eis."

„Schokolade?", fragte das kleine Mädchen.

Megs Augen blitzen überrascht auf, bevor sie stotterte: „Natürlich, was du willst."

„Jetzt?" Staceys Augen funkelten aufgeregt.

Zu ihrer Überraschung lachte Meg. „Wenn es deiner Mami recht ist."

Catherine, die Connor noch immer wütend anblickte, nickte Meg zu und murmelte: „Ja, sicher."

Connor rührte sich nicht, als seine Brüder und ihre besseren Hälften Stacey zum Eisstand eskortierten.

„Ich … ich denke, ich hatte genug für einen Tag." Catherine taumelte fast rückwärts. „Ich hole Stacey und ihr Eis und dann fahren wir zurück zum Haus."

Immerhin hatte sie nicht darauf bestanden, den

ganzen Weg nach Chicago zu fahren. Zumindest noch nicht. „Sie hat eine schöne Stimme."

Diese Worte zauberten ein kurzes Lächeln auf Catherines Lippen und ihre innere Anspannung legte sich ein wenig. „Das war ein wirklich surrealer Tag." Ihr Blick wanderte in die Richtung, wo Stacey mit seiner Familie in der Menge verschwunden war. „Ich kann nicht glauben, dass ich sie wirklich gehört habe."

„Das hast du. Haben wir alle." Connor versuchte nicht einmal, sein Lächeln zurück zu halten.

„Ja." Catherine legte die Arme um ihre Taille. Ein Teil von ihr wollte diesen Mann und seine Familie verprügeln, weil sie Stacey hinter ihrem Rücken so einem Risiko ausgesetzt hatten. Ein anderer Teil wollte ihre Arme um ihn legen und eine Million Möglichkeiten finden, ihm dafür zu danken, dass er ihrer Tochter die Stimme wiedergegeben hatte. Sie musste hier weg. Musste nachdenken. Die Gefühle sortieren, die in ihr herumwirbelten. „Ich muss los."

„Der Tag ist noch lange nicht zu Ende. Es gibt noch haufenweise zu Essen und noch weitere Spiele für die Kinder –"

„Spiele –"

„Spiele. Lasso- und Hufeisenwerfen. Nun, Ziegen melken zählt vermutlich nicht wirklich als Spiel."

Catherine verdrehte die Augen und blickte ihn dann finster an. „Du machst keine Scherze, nicht wahr?"

Er schüttelte den Kopf.

„Hat sie das auch geübt?"

Wieder schüttelte er den Kopf. „Nein. Und sie ist auch nicht dafür angemeldet. Aber wir hatten angenommen, dass sie Spaß daran hätte, es zu lernen. So wie alle Kinder."

Catherine brauchte einen Moment, um das Gelände zu überblicken. Herumtollende Kinder, blökende

Schafe, muhende Kühe, Menschen, die ihre Pferde zu den Anhängern führten. Schließlich erblickte sie den Eisstand. Und ohne ein weiteres Wort zu sagen, ging sie davon.

Mit einem eigensinnigen Vater und ohne Mutter aufzuwachsen, hatte Catherine schon früh ein dickes Fell und kurz darauf auch einen eisernen Willen beschert. Ihr ganzes Leben war für sie geplant worden. Und sie war diesem Plan immer gefolgt. Bis hin zur Wahl von Beruf und Ehemann. Jetzt stand die Welt, wie sie sie kannte, Kopf.

Ein paar Schritte entfernt saß ihre Tochter mit dem Großteil der Farraday-Familie und schleckte ihr großes Schokoeis im Waffelhörnchen. Der Anblick wirkte so normal, so typisch für einen Tag auf einem Fest. Völlig gegensätzlich zu dem Leben, das sie die vergangenen zwei Jahre geführt hatte. Ihr Herz tanzte vor Freude. „Sieht lecker aus."

Stacey nickte. Ihr Mund und ihre Hände waren überzogen von geschmolzenem Eis.

„Wenn du damit fertig bist und dir die Hände gewaschen hast, fahren wir nach Hause."

Das kleine Mädchen hielt inne und hob ihren Kopf. „Kommen wir dann wieder her?"

Schuldgefühle, ihre Tochter von all dem Spaß wegzureißen, schlugen ein Loch in Catherines Plan. „Ich fürchte nicht, Liebling."

„Aber Mami. Ich will noch nicht nach Hause." Sie hatte aufgegeben, das tropfende Eis irgendwie aufzufangen.

„Es war ein langer Tag."

„Niemand sonst geht schon nach Hause." Zwei

Jahre ohne ein Wort und plötzlich ist ihre Tochter ein erfahrener Verhandlungsführer.

Meg deute mit dem Daumen zwischen sich und ihrem Mann hin und her. „Wir können sie später nach Hause bringen."

„Ja, genau", bestätigte auch Toni.

Staceys trauriger Blick wurde von einem Lächeln abgelöst und sie widmete sich wieder ihrem Eis.

Catherine blickte Meg an und erinnerte sich an die Worte der beiden Frauen. Immerhin waren sie, wie auch Catherine, Stadtmädchen. „Versprecht ihr mir", sie deutete von Meg auf Toni und wieder zurück, „dass sie nicht mehr auf irgendwelchen Tieren reiten wird?"

Meg lächelte. „Kein Problem."

„Absolut", bestätigte auch Toni.

„Versprochen?", fragte sie noch einmal.

„Versprochen", erwiderten die beiden Frauen.

„Ich verspreche es auch", sagte Connor, als er sich neben sie stellte. Ohne sich umzudrehen, konnte sie seinen bohrenden Blick spüren.

„Mami sagt, ich darf noch hierbleiben." Stacey zupfte mit einer Hand an Connors Ärmel.

Ohne zu zögern hob er sie hoch, ignorierte die Schokospuren und küsste sie auf die Wange. „Darf ich mal probieren?"

Stacey nickte wild und hielt ihm das Eis hin.

Anstatt oben zu schlecken, ließ er seine Zunge einmal rundherum gleiten und säuberte damit die tropfenden Ränder. „Danke, Partner."

Da war dieses Wort wieder. Catherine schloss ihre Augen, ging einen Schritt zur Seite und gab ihrer Tochter einen Kuss auf ihre klebrige Wange. „Bis später. Ich hab' dich lieb."

„Ich hab' dich auch lieb."

Sie drehte sich schnell weg, um die Tränen in ihren Augen zu verbergen. Wie schön doch der Klang dieser fünf Worte aus ihrem Mund war. Das sie dringend ihre Gedanken sortieren musste, nahm sie die Abkürzung über den alten Pfad zum Haus ihres Großvaters zurück. Der zwanzigminütige Spaziergang war derselbe Weg, den die ursprünglichen Farraday- und Brennan-Frauen gegangen waren, um sich gegenseitig zu besuchen, wenn das Leben in West-Texas den beiden Frauen aus der Stadt allein zu viel wurde. Obwohl sie bei weitem nicht so isoliert wie diese Frauen lebte, konnte Catherine verstehen, was es bedeutete, nicht in seinem Element zu sein.

Die Geräusche der Ranch-Spiele begleiteten sie noch eine ganze Weile, bis sie mit der Stille von Himmel und Erde verschmolzen. Sie konnte sich hier selbst atmen hören. Ganz anders, als die hektische, laute Welt, die in Chicago auf sie wartete. Und doch so normal für Connor Farraday und seine Familie.

Sie konnte sich an keinen Tag in ihrem Leben erinnern, an dem sie so unsicher war, was das Richtige war. So hin- und hergerissen, welchen Weg sie einschlagen sollte. Was sie denken sollte. Was sie glauben sollte. Ihr Instinkt hatte sie noch nie im Stich gelassen. Aber wie war es jetzt?

Kurz vorm Haus, entspannt von der frischen Luft und der körperlichen Bewegung, sah sie die Dinge etwas sachlicher. Ja, Connor hatte sie hintergangen und Stacey reiten gelehrt. Und ja, genau das schien gewesen zu sein, was ihre Tochter gebraucht hatte. Aber heiligte der Zweck die Mittel? Ja, sie fürchtete sich seit ihrer Kindheit in Gegenwart von Pferden, Kühen und anderen Tieren. Und ja, diese gewaltigen Tiere konnten gefährlich werden – doch hatte sie das Recht, ihre Ängste auch ihrer Tochter aufzuzwingen? War sie so wirklich in Sicherheit? Es war schließlich nicht so, dass die Rancher hier ständig Kinder durch Unfälle mit den Tieren verloren. Verdammt, vermutlich starben mehr

Kinder an Unfällen im Haushalt als an Stürzen von einem Pferd.

Sie öffnete die Hintertür und ging direkt ins Büro ihres Großvaters. Von seinem Stuhl aus konnte sie all die Erinnerungsstücke sehen, die in dem Raum verteilt waren. Die Fotos von der Ranch im Laufe der Generationen. Bunte Bänder von den Ranch-Spielen. Sogar ein paar Rodeo-Trophäen, die ihre Mutter gewonnen hatte.

Deine Mutter wäre stolz auf sie. Das hatte Connor gesagt. Wenn sie ehrlich mit sich gewesen wäre, hätte sie ihm zustimmen müssen. Wenn sie die lächelnden Gesichter ihrer auf einem Pferd sitzenden Mutter und ihrer Großeltern auf dem Bild neben ihr betrachtete, musste sie zugeben, dass sie alle wohl sehr stolz auf Stacey gewesen wären.

Warte, Kumpel Dieser Vater sah nichts Falsches darin, dass sein dreijähriger Sohn auf einem Schaf ritt. Beide, Vater und Sohn hatten unglaublich stolz gewirkt.

Genau wie Connor. Selbst jetzt pochte ihr Herz und raubte ihr beinahe den Atem. Er hatte es so selbstverständlich gesagt, dass keiner sonst es bemerkt hatte. *Man hat leider nur einen Versuch, Partner.* Das war der Moment, in dem sie es wusste, es aber nicht zugeben konnte. Keiner dieser Leute war verrückt und ihre Tochter war vermutlich nie in Gefahr gewesen. Jetzt, wo sie darüber nachdachte, sah auch sie, dass das Pferd gar nicht so groß war, wie die anderen Tiere auf der Ranch. Und vielleicht raste Stacey auch gar nicht so schnell von Markierung zu Markierung. Connor hatte das alles getan, weil er ihre Tochter liebte. Um ehrlich zu, jeder Fremde, der Connor und Stacey heute zusammen gesehen hatte, musste denken, dass er ihr Vater war.

Vielleicht war Catherine nur sauer, weil er recht

hatte. Sie hätte nicht auf Vernunft gehört. Sie hätte ihre eigenen Ängste auf Stacey projiziert und das Einzige, was sie wieder aufblühen ließ, verboten.

„Verdammt, Opa. Warum bist du nicht ein bisschen länger bei uns geblieben? Ich weiß nicht, was ich tun soll. Ich gehöre nicht hierher. Das ist nicht meine Welt. Aber es scheint Staceys Welt zu sein. Wie kann ich sie von hier fortbringen? Was wird geschehen, wenn wir zurück gehen in eine Welt, die für sie nur aus Finsternis besteht. Und für mich."

Catherine wischte sich die Tränen aus dem Gesicht. Warum musste das so schwer sein? „Verdammt!" Sie schob mit dem Arm die Familienfotos vom Tisch und sie fielen zusammen mit einigen noch abzuheftenden Unterlagen zu Boden.

„Entschuldige, Opa. Ich weiß einfach nicht, was ich tun soll. Ich gehöre nicht hierher."

Sie war gerade dabei, sich vorzubeugen, um die Unordnung, die sie verursacht hatte, wieder aufzuräumen, als sie die Ecke eines Blatts Papier bemerkte, das unter der Schreibunterlage hervorragte. Die zog es heraus, es war ein weiteres Foto ihrer Großeltern und ihrer Mutter auf dem Rücken eines Pferdes. Auf diesem war ihre Mutter viel jünger. Sogar noch jünger als Stacey. Neugierig zog sie es ganz heraus und ein weiteres Papier kam zum Vorschein.

Sie betrachtete das Foto genauer, ihre Großeltern wirkten älter als auf den anderen Fotos, als ihre Mutter noch jung war. Guter Gott. Das war nicht ihre Mutter. Das war sie. Mit drei hatte sie keine Angst vor Pferden gehabt. Sie lächelte. Und auch ihre Großeltern lächelten. Ihre Mutter musste das Foto geschossen haben. „Ich fasse es nicht."

Sie hielt das Foto noch immer in den Händen und griff nach dem Blatt Papier, das zum Vorschein gekommen war. Absichtserklärung. Sie überflog die Zeilen

und ihr Blick landete auf den beiden Unterschriften am
Ende. Ralph Brennan und Connor Farraday.

Ihre Augen schnellten zwischen Papier und Foto
hin und her. Gleichzeitig lief vor ihrem inneren Auge
ein Film ab, mit den lächelnden Gesichtern von Connor
und Stacey. „Dieser Mistkerl! Das hat er mit keinem
Wort erwähnt."

KAPITEL ZWEIUNDZWANZIG

„Wir haben es versprochen." Meg stemmte ihre Hände in die Hüften und ihre Ellbogen standen ab wie Hähnchenflügel.

„Ihr habt versprochen, sie von den Tieren fernzuhalten. Kein Wort darüber, wer Stacey nach Hause bringen würde." Connor wusste, dass dies vielleicht seine letzte Chance war, mit Catherine zu sprechen, und er war entschlossen, sich diese Gelegenheit nicht entgehen zu lassen.

„Eigentlich", Toni zeigte auf Meg, „hat sie angeboten, sie später nach Hause zu bringen."

Adam grinste. „Aber sie hat es nicht versprochen."

„Genau." Brooks nickte.

Meg und Toni drehten sich zu Connors Brüdern um.

Beide zuckten mit den Achseln und grinsten. Brooks lächelte und Adam sagte: „Wir Männer müssen zusammenhalten."

Connor drückte seiner Schwägerin einen Kuss auf die Wange. „Ich verspreche, ich werde ihr sagen, dass ich euch fesseln und knebeln musste, um Stacey aus eurer Obhut zu befreien."

Meg verdrehte die Augen. „Na los, verschwinde. Und du bringst das besser in Ordnung. Ich mag Catherine."

Er nickte und hoffte, dass er das schaffen würde. Das Gefühl sie verloren zu haben, ließ ihm keine andere Wahl, als noch einmal zu ihr zu gehen. Die bloße Möglichkeit, dass sie sofort all ihre Sachen packen und nach Chicago zurückzukehren könnte, war genug, um ein Gefühl der Hilflosigkeit und der Leere in ihm entstehen zu lassen. Wenn es zuvor irgendeinen Zweifel gab, dass Catherine nicht die Richtige für ihn war, dann waren diese Zweifel nun beseitigt.

„Bereit, Prinzessin?", rief Connor Stacey zu, die mit ein paar anderen Kindern im Dreck spielte.

„Okay." Sie stand auf und klopfte sich den Staub aus der Hose. Dann winkte sie den anderen Kindern zu. Neben ihm angekommen griff sie nach seiner Hand. „Kann ich auch so einen Hut wie du haben?"

„Nun, der wäre dir wohl ein bisschen zu groß, meinst du nicht auch?"

Sie grübelte kurz und schüttelte dann ihren Kopf. „Nein du Dummkopf. In meiner Größe."

„Natürlich." Während sie zum Auto gingen, versuchte er, seine Schrittlänge an ihre anzugleichen. Er hoffte, dass sie noch lang genug hierblieben, dass er ihr noch einen Hut besorgen konnte.

Die Fahrt zur Brennan-Ranch dauerte normalerweise nur ein paar Minuten. Doch über den Parkplatz zu kurven, wo so viele Menschen unterwegs waren, ließ es ein paar mehr werden. Er nahm sich vor ruhig und geduldig zu bleiben, doch als er vor Catherines Tür anhielt, fragte er sich, ob etwas mehr Vorbereitung vielleicht nicht verkehrt gewesen wäre. Nicht, dass Blumen oder Wein helfen würden, aber vielleicht hätten sie auch nicht geschadet.

„Mami." Sobald er ihr die Beifahrertür aufgemacht hatte, eilte Stacey schnurstracks zu Catherine, die schon in der Haustür stand. „Wir hatten so viel Spaß. Ich habe Betty und Mike und Tommy und Sissy kennen gelernt. Wir spielten mit den Kaninchen und Steckenpferden und wir haben Kälber eingefangen –"

Catherines Blick schoss zu ihm.

„Keine echten", sagte er schnell. „Fürs Lasso-werfen für die Kinder."

„Klingt nach einer Menge Spaß, Liebling."

„Das war es auch."

„Geh rein und wasch dich."

Voller Begeisterung lief Stacey ins Haus.

„Und zieh dir was frisches an", rief Catherine hinter ihrer Tochter her. Dann wandte sie sich an ihn. „Ich dachte, Meg würde sie nach Hause bringen?"

„Ich musste sie fesseln und knebeln, um ihr Stacey zu entreißen."

„Musstest du?"

Er nickte. „Können wir kurz reden?"

„Eigentlich wollte ich auch etwas sagen." Cathe-rine ging einen Schritt zurück und ließ ihn herein. „Komm rein."

Connor atmete tief durch, nahm seinen Hut ab, putzte seine Stiefel ab und ging hinein.

Catherine ging voraus, zu seiner Überraschung nicht in die Küche oder das Wohnzimmer, sondern ins Büro ihres Großvaters.

„Setz dich." Sie deutete auf einen Stuhl, während sie um den alten Eichenschreibtisch ging und sich auf den Platz ihres Großvaters setzte. „Ich habe etwas aufgeräumt, seit ich nach Hause kam."

Connor nickte.

„Die Ranch ist nicht mehr das Unternehmen, das sie einmal war." Sie blickte auf und wartete auf seine Bestätigung. „Ich bin eine Frau aus der Stadt. Ich habe keine Ahnung, wie man eine Ranch bewirtschaftet. Und ich habe auch kein Interesse daran."

Connor fasst sich ans Kinn, keinem seiner Instinkte gefiel es, wie diese Unterhaltung sich entwickelte.

„Anscheinend gibt es einige Interessenten, die die Ranch kaufen möchten." Sie hob einen Stapel Papiere hoch. „Ein paar gute Angebote." Sie legte den Stapel wieder ab und nahm einen Zettel in die Hand. „Ich denke ich werde mit dem hier verhandeln."

Jetzt wäre ein guter Zeitpunkt, die Abmachung mit ihrem Großvater zu erwähnen. Aber andererseits wollte er keine Missverständnisse über seine Absichten aufkommen lassen. Er wollte, dass Catherine und Stacey Teil seines Lebens blieben. Mit oder ohne Ranch. Es könnte ein Fehler sein, doch er schwieg.

Catherine schaute ihn aufmerksam an, stand auf und umrundete den Tisch. Sie lehnte sich mit einer Hüfte vor ihm gegen den Tisch. „Dein Bruder pachtet das Land schon eine ganze Weile."

Connor nickte. Worte waren in diesem Moment nicht seine Verbündeten.

„Denkst du, er hätte Interesse daran, das Land zu kaufen, wenn das Haus nicht dabei ist?"

„Warum ohne das Haus?" Also gut. Ein paar Worte vielleicht.

„Ich dachte, es wäre nett, das Haus zu behalten. Familienranch und so. Vielleicht ein Ferienhaus."

Connor war nicht sicher, ob das etwas Gutes oder etwas Schlechtes war. Sein Kopf konnte gerade nicht ans Geschäftliche denken; sein Herz stand ihm im Weg. „Du kannst auch auf Dauer herziehen."

„Kann ich das?"

Zum ersten Mal, seit sie sich hingesetzt hatte, erkannte er ein Funkeln in ihren Augen. Es waren nicht die Augen einer wütenden Frau, die ihre Sachen packen und nach Hause fahren wollte. Er ging das Risiko ein, stand auf und sagte. „Das kannst du."

„Warum sollte ich?" Dieses Mal kitzelte ein Lächeln ihre Mundwinkel.

„Weil deine Tochter es hier liebt."

„Das tut sie." Catherine nickte. „Aber ich bin ein Mädchen aus der Stadt."

„Viele Mädchen aus der Stadt lernen diesen Teil des Landes zu lieben." Er legte seine Hände auf ihre Schulter und atmete erleichtert ein, als sie nicht zurückwich.

„Du meinst Meg und Toni?"

„Die auch." Er machte noch einen Schritt auf sie zu. „Ich dachte, dir gefällt es hier langsam auch besser."

Sie nickte. Und sein Herz schlug schneller.

Er schloss die Lücke zwischen ihnen und war ihr nun nahe genug, um ihren Herzschlag spüren zu können. „Vielleicht, mit ein bisschen mehr Zeit, könnte ich dich überzeugen, uns noch eine Chance zu geben."

„Ich brauch keine Zeit."

Sein Herz setzte kurz aus, bis ihre Hand sein Hemd hinauf wanderte. „Ich dachte, ich nehme dieses Angebot vielleicht an."

Er blickte auf den Zettel, den sie in ihrer anderen Hand hielt. Von seinem Blickwinkel aus konnte er gerade so den Farraday-Briefkopf erkennen und er lächelte. „Du weißt schon, dass dieses Angebot mich ebenfalls beinhaltet."

„Das tue ich."

Ohne weiteren Platz zwischen ihnen legte sich sein Mund auf ihren. Der Rest seines Lebens würde nicht lange genug sein, um diese Frau in seinen Armen zu halten.

„Mami." Stacey kam in das Zimmer gerannt.

Connor wich zurück und war überrascht, dass Catherine ihre Arme noch immer um seinen Hals geschlungen hatte.

„Ja, Liebling?"

„Kann ich ein eigenes Pferd haben?"

Catherine zog eine Augenbraue hoch und sie blickte Connor tief in die Augen. „Ich schätze, darüber verhandle ich gerade, Partner."

EPILOG

„Das Leben geht seinen Lauf, während man dabei ist, andere Pläne zu schmieden.“

„Erzähl mir etwas Neues.“ Connor lächelte. „Zu heiraten und mich niederzulassen stand ganz unten auf meiner Liste, als ich nach Hause kam.“

„Und jetzt ist es mehr als nur auf deiner Liste.“ D.J. sah, wie das Gesicht seines Bruders erstrahlte, als er nickte. Am Ende des Tages würden zwei von D.J.s Brüder glücklich verheiratet sein, und wie es so aussah, würde sich auch Connor bald in die Riege der Ehemänner – und, wie Brooks, Väter – einreihen.

Der kleine Garten hinter der Kirche war der friedlichste Ort auf Erden. Als sie alle noch Kinder waren, wollten sie nur Frösche fangen oder nach einem Regenschauer im Bach schwimmen gehen. Jetzt, wo sie alle erwachsen waren, halfen D.J. lange Ausritte an einem windigen Frühlingstag, sich daran zu erinnern, was im Leben wichtig war. Heute, an Brooks Hochzeitstag, erinnerte ihn das grüne Gras, die bunten Blumen und die Bank seiner Mutter daran, dass er verdammtes Glück hatte, ein Farraday zu sein. Das Einzige, was er bedauerte, war, dass seine Mutter nicht sehen konnte, wie drei ihrer Söhne die Liebe ihres Lebens gefunden hatten.

„Ich wette, ich weiß, was du gerade denkst, Declan James Farraday.“ Seine Tante Eileen rief ihn bei seinem vollen Namen, als würde er in Schwierigkeiten stecken. In großen Schwierigkeiten.

„Was immer es ist, ich war's nicht."

„Na ja, … Declan." Neben ihm kicherte Connor und ging einen Schritt zur Seite. „Das ist mein Stichwort, um nachzusehen, wo unser großer Bruder bleibt."

Tante Eileen verdrehte die Augen und schüttelte den Kopf. „Es ist ein schöner Name. Ich bedauere, dass wir dich nicht öfter so nennen."

D.J. nickte. Bei den Marines nannte man ihn Declan. In Dallas auch. Zu Hause in Tuckers Bluff war er für jeden nur D.J..

„Deine Mama und dein Daddy konnten sich nicht für einen Namen mit D entscheiden." Eileens Blick lag auf der mit Wein umrankten Laube in der Ecke des Gartens. Die Laube, in der Toni und Brooks in kürze vermählt werden würden. „Daniel stand nicht zur Debatte, wegen dem Film *Eine Braut für sieben Brüder*, also fiel die Wahl auf David oder Dillon."

D.J. drehte seinen Kopf zu seiner Tante hin. Er konnte sich nicht daran erinnern, dass je davon gesprochen worden war, dass seine Eltern noch andere Namen für ihn in Betracht gezogen hatten.

„Deiner Mama gefiel David. Sean mochte Dillan. Helen behauptete, es wäre wegen der Serie *Rauchende Colts*."

D.J. musste lachen. Das klang nach seinem Vater.

„Am Tag deiner Geburt waren sie sich noch immer nicht einig, welcher Name es werden sollte. Ich erinnere mich noch gut daran. Sean stand am Bettrand, hielt die Hand deiner Mutter und ich stand an der anderen Seite des Bettes. Die Krankenschwester brachte dich in eine blaue Decke gewickelt herein. Du sahst aus wie eine Raupe in ihrem Kokon." Tante Eileen blickte in die Ferne und lächelte. „Helen öffnete die Decke und sobald dein Arm frei war, schnappte deine Hand nach ihrem Finger. Sean grinste, als hättest du den Preisbullen geritten. Meine Schwester nickte, schaute uns an und sagte Declan James. Bis heute habe ich keine Ahnung, wie sie auf diesen Namen gekommen ist. Ein Blick auf dich und sie war sich sicher."

„Worüber redet ihr beiden denn?" Sean und Adam standen links und rechts neben D.J. und Tante Eileen. Connor kam mit einem strahlenden Brooks und gefolgt von Father Tim zurück.

„Namen", antwortete D.J. und betrachtete seinen Bruder, der strahlte, als hätte er eine Taschenlampe verschluckt.

„Bereit?" Tante Eileen wandte sich an den zweitältesten Farraday-Sohn.

Brooks nickte und richtete sich auf. „Absolut."

„Gut." Eileen neigte ihr Kinn. „Das wollte ich hören." Sie drehte sich zu ihrem Schwager. „Ich nehme an das Gespräch unter Männern habt ihr bereits geführt?"

Der älteste Farraday legte verwirrt die Stirn in Falten und brach in leises Gelächter aus. „Ich glaube, mittlerweile können meine Söhne mir das ein oder andere beibringen."

Zwei tiefe Rillen formten sich zwischen Eileens Augenbrauen und erstickte das Lachen der anderen Brüder, die daraufhin bis auf Brooks einen Schritt zurück machten.

„Ja, Eileen", stellte ihr Vater schnell mit ernstem Blick richtig. „Wir hatten eine schöne lange Unterhaltung."

Connor lehnte sich zu D.J. hinüber und flüsterte: „Vor etwa zwanzig Jahren."

„Meinst du, sie meinte das mit dem Gespräch ernst?", fragte D.J. leise.

Sie drehten die Köpfe und sahen ihre Tante und ihren Vater lachen. Connor zuckte mit den Achseln und antwortete: „Ehrlich gesagt, ich weiß es nicht."

Brooks ging um seinen Vater herum zu seinen Brüdern, als der jüngste Farraday-Bruder gerade durch die Kirchentüre kam. „Hätte nicht gedacht, dass du es schaffst, kleiner Bruder."

„Immerhin bin ich nicht zu spät." Finn schlug Brooks auf die Schulter und blickte sich um. „Immer ein gutes Zeichen, wenn ich noch vor der Braut in der Kirche bin. Sie sollte jede Minute ankommen."

Connors Blick schoss zur Tür und zurück. D.J. konnte es seinen drei älteren Brüdern nicht übelnehmen, sich einer nach dem anderen Hals über Kopf verliebt zu haben. Spät am vergangenen Abend hatten sie Scherze darüber gemacht, dass irgendetwas im Bier gewesen sein musste. Adam und Brooks störten sich nicht daran. Sie waren die ruhigeren der Brüder. Aber Connor? Und noch dazu in ein waschechtes Stadtmädchen? Eine, die sich obendrein noch vor Pferden fürchtete?

Brooks blickte auf seine Uhr, zur Tür und dann hinüber, wo sein Vater, seine Tante, sein Trauzeuge und der Priester sich unterhielten. Brooks wirkte so nervös wie eine langschwänzige Katze in einem Raum voller Schaukelstühle.

„Ich will ja nicht nerven oder so", wagte D.J. zu fragen, „aber bist du sicher, dass du das willst?"

Brooks starrte seinen Bruder mit einem Blick an, der Stahl schmelzen könnte. „Ich sage das nur einmal. Wenn du nochmal fragst, hast du ein paar Zähne weniger."

Verständlich. D.J. nickte.

„Ich kann mir keinen Tag meines Lebens mehr ohne sie vorstellen. Ich *will* mir keinen mehr Tag ohne Toni vorstellen."

D.J. nickte erneut und das dämliche Grinsen seines

Bruders kam wieder zurück. D.J. musste sich nicht umdrehen, um zu wissen, was die Laune seines Bruders so schnell wieder gehoben hatte. Die Antwort war offensichtlich, doch D.J. wagte trotzdem einen Blick. Toni stand in der Doppeltür, Meg und Catherine neben ihr, die kleine Stacey vorneweg.

Strahlend stand Toni da, in einem schlichten, ärmellosen, elfenbeinfarbenen Kleid, das ihr bis knapp unter die Knie reichte und einer einfachen Perlenkette mit dazu passenden Perlenohrringen. In ihren Händen hielt sie eine einzelne rote Rose, dieselbe, die an Brooks' Revers steckte. Sie waren die einzigen Beiden, mit einer Blume.

Die Familie nahm ihre Plätze ein. Brooks und Toni standen sich vor dem Priester gegenüber. Adam und Meg als Trauzeuge und Brautjungfer neben ihnen. Connor und Catherine hielten links neben D.J. Händchen und strahlten mit dem Brautpaar um die Wette. Seine Tante und sein Vater standen rechts von ihm. Die Worte, die zwischen Braut und Bräutigam gewechselt wurden, kamen langsam und bedacht, passend zu der ehrfürchtigen Umgebung. Alles, was Brooks und Toni sagten, spiegelte sich in ihren Augen wider. Liebe, Respekt, Hingabe. Die drei magischen Zutaten.

Ringe, Lächeln und natürlich der ersehnte Kuss wurden ausgetauscht. Die Verschmelzung von Lippen dauerte länger, als es D.J. lieb war. Er wandte sich ab und flüsterte seiner Tante ins Ohr: „Du hast gar nicht gesagt, was ich deiner Meinung nach gedacht habe."

Sie streichelte über seine Wange und flüsterte: „Dass du als nächstes dran bist."

„Unwahrscheinlich", grunzte er praktisch heraus.

Dieses Mal neigte seine Tante ihren Kopf und studierte ihn. „Ich habe euch Jungs nie danach gefragt, was so alles geschehen war, während ihr auswärts gewohnt und gearbeitet habt. Und ich denke, ich will es nicht wissen.“

D.J. nickte. Zum Teil, weil er schätzte, dass sie ihre Privatsphäre respektierte, aber hauptsächlich, weil sie recht hatte, sie würde es wirklich nicht wissen wollen.“

Sie hob ihre Hand und streichelte noch einmal über seine Wange. „Jemand wird kommen, und sie wird der Meinung sein, dass Declan der schönste Name der Welt ist. Und sie wird dich alles vergessen lassen, was ich gar nicht wissen möchte.“

D.J. fasste sich an sein Kinn, nicht, weil seine Tante Recht hatte, sondern weil irgendetwas in dem sorglosen jungen Mann, der er einst gewesen war, wollte, dass sie recht hatte.

Brooks und Tonis Lippen trennten sich und die Familie applaudierte. Stacey warf Rosenblüten auf das frisch vermählte Ehepaar.

Während Tante Eileen wartete, bis sie an der Reihe war, die neueste Mrs. Farraday in die Arme zu schließen, lehnte sie sich noch einmal an D.J.: „Vielleicht solltest du den Mädchen von hier gegenüber etwas aufgeschlossener sein. Du weißt ja, wir haben hier ein paar wirklich nette Mädchen.“

„Wir werden sehen.“ Nicht das er vorhatte, die unausgesprochene Regel der Brüder zu brechen.

Tante Eileen zog einen ihrer Mundwinkel hoch und schüttelte den Kopf, als sie erkannte, dass seine Antwort nur Taktik war. „Vielleicht hältst du einfach die Augen nach diesem Hund offen. Er scheint ein besseres Näschen bei Frauen zu haben als ihr alle zusammen.“

„Ach komm schon.“ D.J. lachte leise. „Du glaubst doch nicht wirklich, dass ein Hund mir eine Frau in den Schoß wirft?“ Seine Worte waren etwas lauter, als ihm lieb war, aber es schien, als hätte nur seine Tante ihn gehört.

„Nein." Tante Eileen lächelte. Sie ging einen Schritt vorwärts, drehte sich noch einmal zu ihm um und sagte: „Ich tippe eher auf deine Türschwelle."

EXCERPT: DECLANS ÜBERRASCHENDE BEGEGNUNGODER

„**D**er Typ mit dem Baseballschläger hat wieder zugeschlagen." D.J. legte den Hörer auf und schob sich von seinem Schreibtisch weg. „Das ist der fünfte Briefkasten diese Woche."

Teenager Streiche waren eine Sache, aber das hier nahm überhand. Und dieses Mal hatte man es auf Mrs. Peabody abgesehen. Seit ihr Ehemann gestorben war, hatte die Frau mehr als ein imaginäres Problem, sie brauchte nicht auch noch ein echtes. Wer konnte sagen, wie lange er und seine Abteilung regelmäßig an ihrem Haus vorbeifahren müssten, bis sie etwas anderes fand, das sie beunruhigte. Da er neben sich selbst, nicht einmal eine Handvoll Officers für die kleine Stadt und die umliegenden Ranches hatte, war es nicht praktikabel, den ganzen Tag – und die ganze Nacht – in Mrs. Peabodys Nachbarschaft Streife zu fahren, doch er würde es tun.

Esther, seine Fahrdienstleiterin, streckte den Arm aus. Zwischen ihren Fingern baumelte eine rosa Haftnotiz. „Du könntest deinen Bruder zurückrufen."

„Welchen?"

„Brooks. Ich habe den Anruf angenommen, während du Mrs. Peabody beruhigt hast."

D.J. blickte auf den Notizzettel. „Danke." Ein raschelndes Geräusch an der Eingangstür erweckte seine Aufmerksamkeit, doch sein klingelndes Handy lenkte ihn ab. „Farraday.“

„Wenn du vorbeikommst, dann besser gleich als später“, sagte Brooks schnell. „Ich bin fast fertig mir Christopher Brady.“

„Christopher?“ Eine weitere Bewegung vor dem Gebäude ließ ihn zum Fenster gehen. „Was ist mit ihm?“

„Seine Mom hat ihn mit einem gebrochenen Arm vorbeigebracht.“

„Ach wirklich?“ Christopher würde auf die harte Tour lernen, dass man dem Karma nicht entkommen konnte.

„Ja. Ich denke, du hattest einen weiteren zerstörten Briefkasten.“

D.J. blickte die Straße auf und ab und nickte, obwohl sein Bruder ihn nicht sehen konnte. „Den von Mrs. Peabody.“

„Wenn du meine professionelle Meinung hören willst, sieht es so aus, als würde dieser Brady-Sohn es nicht gut aufnehmen, dass die Zwillinge jetzt all die Aufmerksamkeit bekommen.“

„Ja, da könntest du recht haben. Ich komme gleich vorbei.“ D.J. steckte sein Handy in die Tasche und machte einen Schritt in Richtung des kratzenden Geräuschs, das aus der Richtung der Vordertür kam. Er wartete. Nichts. Vielleicht hatte seine Familie recht und er brauchte wirklich Urlaub. Tuckers Bluff war kein Mekka des Verbrechens, aber manchmal war es genauso anstrengend, den ganzen Tag nichts zu tun, wie mit Arbeit überhäuft zu werden. Doch diese langen ereignislosen Winter und die Streiche der Jugendlichen waren ihm tausendmal lieber als die Scheiße, die den ganzen Tag in der Großstadt ablief. Er blickte zu Ester, seiner unverzichtbaren Fahrdienstleiterin, die schon eine Marke getragen hatte, bevor er überhaupt die

Polizeiakademie besucht hatte und wartete, bis sie ihr Telefonat beendete.

„Ja, Ma'am", sagte Esther lächelnd. „Ich weiß, wie Sie sich fühlen." Sie nickte ebenfalls, obwohl die Anruferin sie nicht sehen konnte. „Sie können sicher sein, dass ich ihn erinnere." Dieses Mal kicherte Esther. „Und ich weiß nicht, ob ich das so sagen würde." Ihr Kopf wackelt noch ein paarmal, bevor sie die Augen verdrehte und wieder lächelte. „Ja, Ma'am, haben Sie einen schönen Tag."

„Lass mich raten", D.J. verlagerte sein Gewicht. „Mrs. Peabody."

Esther nickte. „Hast du mit deinem Bruder gesprochen?"

„Ich wollte mich gerade auf den Weg machen." Fast an der Tür, erweckte ein weiteres kratzendes Geräusch seine Aufmerksamkeit. Er winkte Esther, machte eine großen Schritt zur Tür und riss sie auf.

Neben einer der alten Bänke an der Wand des Reviers saß ein Hund, der mit dem Schwanz wedelte und hechelte. Er sah so wild wie ein Wolf aus, aber wirkte so freundlich wie ein Familienmaskottchen."

„Na du." D.J. bewegte sich langsam vorwärts, da er sich nicht sicher war, wie lange das Schwanzwedeln noch anhalten würde. Er wurde mit einer erhobenen Pfote belohnt. „Oh, du gibst Pfötchen." D.J. nutzte die Chance und schüttelte ihm die Pfote. Dann kraulte er das Tier am Hals und suchte gleichzeitig nach einem Halsband oder einer Marke. „Du musst irgendwem gehören. Kein Streuner weiß, wie man Pfötchen gibt." Moment. „Ich wette, du bist das Kerlchen, das hier überall auftaucht."

D.J. hätte schwören können, dass der Hund nickte.

„Geh nirgends hin. Ich kenne ein paar Leute, die dich gerne ansehen würden. D.J. kraulte den Hund weiter am Hals und zog sein Handy heraus, um im Büro seines anderen Bruders anzurufen. Es war praktisch, sowohl einen Arzt als auch einen Tierarzt in der Familie zu haben.

„Tierklinik, wie kann ich helfen?" Becky Wilsons fröhliche Stimme drang durchs Telefon und brachte ihn zum Lächeln. Die kleine war immer fröhlich und aufgeweckt und der Klang ihrer Stimme, könnte sogar den größten Griesgram zum Lächeln bringen.

„Ich habe hier jemanden, den Adam sich sicher ansehen möchte."

„Er ist leider nicht hier. Es war nicht viel los, also sind er und Meg zum Shoppen nach Butler Springs gefahren."

„Mist. Ich habe den Hund."

„Den Hund?", wiederholte sie. „Oh, warte, Du meinst diesen Hund?" Ihre Stimme wurde eine Oktave höher und jetzt grinste er wirklich.

„Ich denke schon."

„Cool! Lass ihn nicht abhauen. Ich bin auf dem Weg."

Bevor er noch etwas sagen konnte, war die Leitung tot und er entschied sich, dass der Brady-Junge noch warten könnte. Es war ja nicht so, als wüsste D.J. nicht, wo die Familie wohnte. Doch er wünschte sich, dass Christopher nicht von Häusern mit Toilettenpapier dekorieren zu mutwilliger Zerstörung fremden Eigentums übergegangen wäre. Ein Auge zuzudrücken war hier keine Option mehr und bei diesem Maß an Vandalismus war auch eine Rüge nicht mehr ausreichend.

„Becky ist auf dem Weg", erklärte er dem Hund. „Du wirst sie mögen."

Erneut wackelte der Hund mit dem Kopf, als würde er nicken. Er drehte sich herum, sprang auf die Hinterbeine, als würde er tanzen wollen, und ging dann zur Seite, sodass D.J. besser sehen konnte, was unter der alten Bank hinter dem flauschigen Hündchen versteckt war.

„Sag mir nicht, dass jemand deine Welpen hier ausgesetzt hat und dass du deshalb aufgetaucht bist." Den Hund mit einer Hand festhaltend, lehnte sich D.J. vor und zog einen Pappkarton unter der Bank hervor. Einen Sekundenbruchteil lang dachte er, er würde halluzinieren. Erst einmal und dann noch einmal blinzelnd schüttelte er den Kopf. Keine Halluzination. Er bückte sich und griff hinein. „Verdammte –"

Becky sprang auf und drehte sich zu ihrer Freundin Kelly, der Rezeptionistin, um. „Sieht so aus, als hätte D.J. den geheimnisvollen Hund gefunden. Er hat ihn auf dem Revier. Ich renne schnell rüber."

„Ist er verletzt?" Wie alle anderen in der Stadt, die von dem geisterhaften Hund gehört hatten, wusste auch Kelly, dass der Streuner laut einiger Aussagen hinkte. Niemandem gefiel die Vorstellung eines verletzten Tieres, das ganz auf sich allein gestellt war.

„Wir werden es herausfinden. Ich bringe ihn her. Selbst wenn er nicht verletzt ist, braucht der arme Kerl ein gutes Zuhause."

„So wie er sich um Tonis Ehemann und die kleine Stacey gekümmert hat, denke ich, dass er ein guter Beschützer ist. Vielleicht hätte deine Großmutter gerne noch einen Hund, jetzt wo du ausgezogen bist."

Becky verdrehte die Augen und fischte ihre Schlüssel aus ihrer Handtasche. „Bring sie nicht auf Gedanken." Sie huschte um den Empfangstresen herum und winkte Kelly. „Bin bald wieder da."

„Keine Eile", rief ihr Kelly hinterher.

Einer der schönen Aspekte an Beckys Job, war es, mit einer ihrer besten Freundinnen und dem coolsten Boss auf der ganzen Welt zusammenarbeiten zu können. Es schadete auch nicht, dass sie, weil sie für den ältesten der Farraday-Brüder arbeitete, immer das neueste über Ethan erfuhr, ohne direkt nach ihm fragen zu müssen. Auch wenn sie viele seiner Social-Media-Beiträge verfolgte, wusste sie, dass es noch viel gab, das nicht für die Öffentlichkeit bestimmt war. Und sie versuchte gar nicht, sich die vielen Dinge vorzustellen, von denen nicht einmal seine Familie wusste.

Das Polizeirevier lag ziemlich zentral an der Main Street. Keine Distanz, wenn man die Größe von Tuckers Bluff betrachtete. Doch unter diesen Umständen würde es zu lange dauern, zu Fuß zu gehen. Ohne unnötige Aufmerksamkeit zu erregen, fuhr sie so schnell wie möglich mit ihrem kleinen Pickup zu D.J.s Arbeitsplatz. Natürlich musste sie sich die Zeit nehmen, Burt Larson zu winken, der gerade einige Fässer vom Bürgersteig in seinen Eisenwarenladen zog. Diese Dinger den ganzen Tag rein und raus zu hieven, war ohne Zweifel einer der Gründe, warum er immer über jeden Klatsch auf dem Laufenden war. Natürlich verlangte der Kleinstadtcodex es auch, dass sie das Fenster herunterkurbelte und kurz mit Polly plauderte, als diese gerade das Cut and Curl absperrte. „Heute früh Schluss?"

„Ja, Mrs. Thorton hat ihren Termin zum Färben abgesagt. Ich dachte mir, das wäre eine gute Gelegenheit, mir den Nachmittag frei zu nehmen." Becky nickte und winkte. „Viel Spaß."

Die meisten Geschäfte schlossen unter der Woche relativ früh. Hätte sie noch ein paar Minuten länger gewartet, müsste sie jetzt wahrscheinlich an jedem Laden für einen kleinen Plausch anhalten.

Für einen Ort, an dem Gesetzesbrecher verwahrt

werden sollten, sah das Polizeirevier von der Straße aus sehr einladend aus. Becky fand direkt davor eine leere Parklücke und eilte an den Bänken und Topfpflanzen vorbei. Sie stürmte praktisch durch die Glastür, nur um sofort abrupt stehenzubleiben.

Wie erwartet stand D.J. neben dem mittelgroßen felligen grauen Tier. Doch anstatt die beiden in seinem Büro anzutreffen, waren sie auf Esther fixiert, die ein Baby in ihren Armen wiegte. „Verdient ihr euch jetzt ein Zubrot als Babysitter?", fragte Becky.

„Sieht so aus." Esther summte für das Baby an ihrer Schulter.

Der Hund riss sich von D.J. los und sprang in Beckys Richtung."

„Hey." D.J. drehte sich dem Hund hinterher.

Mit wackelndem Schwanz erreichte der Streuner Becky vor ihm, machte vor ihr Sitz und bot ihr seine Pfote an.

„Das hat er bei mir auch gemacht." D.J. stoppte vor ihr und seine dunklen Augen wanderten wieder zu dem Baby.

„Du bist ein Gentleman, nicht wahr?" Sie ging in die Hocke und kraulte den Hund mit beiden Händen am Hals. Dann hob sie den Kopf und blickte zu D.J.. „Wem gehört das Baby?"

„Das wollen wir gerade herausfinden."

„Herausfinden?" Sie blickte von D.J. zu Esther und wieder zurück.

D.J. winkte mit ein paar Briefen. „Das Baby wurde hier in einer Pappschachtel an der Treppe ausgesetzt. Die hier lagen darin." Er drehte sich zu seinem Büro und zeigte auf den Hund." „Rin Tin Tin hier hat Wache gehalten."

„Du bist aber ein guter Hund." Sie kraulte ihn weiter hinter den Ohren. „Ich kann mir nicht vorstellen, dass irgendjemand aus der Gegend ein Baby ohne

Schutz an der Türschwelle ablegen würde." Sie tätschelte den Kopf des Hundes, erhob sich und ging zu Esther hinüber. „Mädchen oder Junge?"

„Wir haben noch nicht nachgesehen. Als der Chief die Box aufgehoben hatte, wachte das arme Ding auf und Mr. Dad da drüben gab mir das Baby so schnell, als würde es in Flammen stehen."

Gurrend tätschelte Becky dem Baby den Rücken. „Sind Babys nicht süß?"

D.J. riss einen Umschlag auf und ging in sein Büro.

Das Telefon klingelte. Esther blickte zu ihrem Boss, schüttelte den Kopf und reichte Becky das Baby. „Jemand muss da rangehen."

„Ja, das muss jemand", rief D.J. von seinem Schreibtisch aus und öffnete das gefaltete Blatt Papier.

Becky folgte ihm. Der Hund ließ sich in der Tür nieder und blickte zum Eingang.

Behutsam wiegte Becky das kleine Wesen in ihren Armen wieder in den Schlaf. Sie liebte Babys. Eigentlich alle Kinder. Seit sie selbst ein kleines Kind war, träumte sie von einem schönen weißen Ranch-Haus mit einem kleinen umzäunten Garten an der Seite und Kindern mit gemeißelten Farraday-Gesichtszügen, blaugrünen Augen und Ethans sandblonden Haaren. Doch mit jedem Jahr, das verging und in dem Ethan weiter mit dem Marine-Corps verheiratet war, schien es unwahrscheinlicher zu werden, dass ihr Traum vom glücklich-bis-an-ihr-Lebensende in Erfüllung gehen würde. Aber sie war nicht bereit, ihren Traum aufzugeben. Noch nicht. Irgendwann würde er nach Hause kommen und sie als die erwachsene Frau sehen, die aus ihr geworden war. Und dann hätte er keine andere Wahl, als sich Hals über Kopf in sie zu verlieben, so wie es ihr im ersten Jahr an der Grundschule widerfahren war. „Wer würde etwas so kostbares aussetzen?"

„Das versuche ich gerade herauszufinden." D.J. blickte weiter auf das Blatt Papier vor ihm. „Hier steht nur, dass die paar Tage, die sie und der Vater zusammen verbracht hatten fantastisch waren." Er blickte über den Rand des Papiers. „Ich erspare dir die, ähm … intimen Details."

Becky blickte nach unten, um zu verbergen, dass sie errötete. Sie konnte mit den Mädels ohne Probleme über Sex witzeln und reden, aber umgeben von starken, gutaussehenden Männern, oder in diesem Fall einem Mann, meldete sich ihre altmodische Erziehung immer zu Wort.

„Klingt so, als wäre – ist – Mama von der wilden Sorte." D.J. las weiter. „Sie dachte, es wäre an der Zeit, eine Familie zu gründen. Dass die Schwangerschaft trotz Verhütung ein Zeichen von Gott war." D.J. zog bei diesen Worten eine seiner dunklen Augenbrauen nach oben.

„Ich denke, die Neuartigkeit wurde schnell langweilig."

„Ja." Er blätterte zur zweiten Seite. „Sie fährt einfach weiter, wo das helle Licht sie hinzieht und weiß, dass Brittany –"

„Also bist du ein Mädchen." Becky küsste das süße Kind auf die Stirn. „Ich hätte es wissen müssen. So ein hübsches Gesicht."

D.J. fuhr fort: „Die Mutter weiß, dass sie es bei einer stabilen Familie besser haben wird. Familie? Sch …" D.J. seufzte laut, schloss die Augen und drückte seinen Nasenrücken. „Hört sich so an, als hätte der ahnungslose liebende Vater bereits eine eigene Familie. Ich frage mich, wie Mrs. Liebender Vater das aufnehmen wird."

„Ich weiß nicht, wie stabil eine Familie sein kann, wenn dieser liebende Vater seine Frau betrügt. Steht in dem Brief, wer dieser Vater ist?"

D.J. schüttelte den Kopf, legte den Brief auf den Schreibtisch und zog sein Handy heraus. „Reed, ich will, dass du dich an der Auffahrt zum Highway positionierst."

„Soll ich nach Rasern Ausschau halten?", fragte der junge Officer.

„Dieses Mal nicht. Wenn du ein Auto siehst, dass du nicht kennst, frag das Nummernschild ab und ruf mich zurück." D.J. legte auf und las weiter.

„Du denkst, die Mutter ist nicht von hier?"

D.J. nickte. „Hier in dieser Stadt gibt es keinen Ort, an dem ein Mann ein Wochenende seinen Spaß haben könnte, ohne dass seine Frau es herausfindet."

„Wieso hat sie Brittany hier und nicht bei ihrem Vater ausgesetzt?"

„Wahrscheinlich", D.J. steckte den Brief wieder in den Umschlag und holte ein weiteres Blatt Papier heraus, „damit sie nicht festgenommen wird. Das Baby vor einer sicheren Einrichtung auszusetzen, schützt sie in Texas vor strafrechtlicher Verfolgung."

„Ich würde die Treppe keinen sicheren Ort nennen."

„Ja, sie wusste vermutlich, dass einer von uns rein oder raus gehen würde." Er blickte durch das Glasfenster seines Büros zur Eingangstür. „Das wird ein Chaos werden. Selbst wenn wir herausfinden, wer der Vater ist, muss ich das Jugendamt einschalten, damit wir eine zertifizierte Pflegefamilie für sie finden. Der Vater wird einen Vaterschaftstest verlangen und, anders als im Fernsehen, wird das nicht über Nacht passieren, wenn der Staat involviert ist."

Durch das Wiegen war das süße Baby trotz der Unterhaltung eingeschlafen. Becky verlagerte ihr Gewicht. „Ich kann helfen."

D.J. faltete das nächste Blatt Papier auf und blickte Becky an. „Weißt du etwas, das ich nicht weiß?"

Sie schüttelte den Kopf. „Ich bin offiziell immer noch zertifizierte Pflegemutter. Erinnerst du dich an Omas Cousine Gert, die während eines Besuchs vor ein paar Jahren gestorben ist? Sie hatte ihren Enkel Chase bei sich. Seine Mama war damals einige Zeit verschwunden und sie hatte Gert nie gesagt, wer der Vater war.“

„Richtig. Ihr hattet den Jungen ein paar Monate, bis das Jugendamt den Vater fand.“

„Wir hätten ihn auch behalten, hätte Oma den Kerl nicht gemocht. Scheinbar wusste er nicht einmal, dass er einen Sohn hatte.“

„So etwas scheint öfter vorzukommen.“ D.J. wandte seine Aufmerksamkeit wieder dem Brief vor sich zu. Plötzlich wurden seine Augen so groß wie ein Vollmond im Herbst.

„Was ist?“

Seine Hand fiel auf den Tisch. „Das ist die Geburtsurkunde.“

„Gut. Zumindest wissen wir, wer die Mutter ist.“

D.J. nickte. „Und wir wissen auch, wer der Vater ist.“

Etwas in seiner Stimme verpasste ihr eine Gänsehaut. Sicherlich war D.J. nicht derjenige, der mit seltsamen Frauen feierte. Doch jetzt, wo sie darüber nachdachte. Keiner der Farraday-Männer hatte etwas mit Frauen aus der Gegend und sie müsste sehr naiv sein, wenn sie dachte, dass sie zölibatär lebten. Sie schluckte und wartete auf seine nächsten Worte.

„Becky.“ Er atmete tief ein. „Es ist Ethan.“

ÜBER CHRIS KENISTON

Chris Keniston ist Autorin von vierzig zeitgenössischen Romanen und lebt mit ihrem Mann, zwei menschlichen Kindern und zwei Hundekindern in einem Vorort von Dallas. Obwohl sie beide Hunde gleichermaßen liebt, gibt sie zu, eine ganz besondere Bindung zu ihrem Deutschen Schäferhund aus dem Tierheim zu haben. Schließlich verdienen auch Hunde ein Happy End.

Auf www.chriskeniston.com erfahren Sie mehr über Chris Keniston und ihre Bücher.

Folgen Sie Chris Keniston auf Facebook unter dem Namen ChrisKenistonAuthor und auf Twitter unter dem Namen @ckenistonauthor.

MEHR BÜCHER

VON CHRIS KENISTON

Weitere Bücher der
Farraday-Country-Reihe:
Adams geheimnisvolle Braut
Brooks' verbotene Sehnsucht
Connors Herzenswunsch
Declans überraschende Begegnung
Ethans Himmel auf Erden
Finns zweite Chance
Graces trautes Heim